데이트 어 라이브 프래그먼트

데이트 어 불릿 4

DATE A LIVE FRAGMENT DATE A BULLET 4

"노출!"
준정령— 히고로모 히비키

"어, 어떻게 이런 짓을······!"
정령— 토키사키 쿠루미

"여전히 상스러운 애대이!"
— 제8영역의 지배자 — 반오인 카레하

"얏호~. 그럼 힘차게 죽어버려!"
반란군 리더─ 쥬가사키 레츠미

"정말, 폭죽 좀
휘두르지 마세요."

"······좋아요.
쿠루미 씨를,
확 놀래 주죠."

DATE

데이트

A

어

BULLET

불릿

04

글 : 히가시데 유이치로
원안·검수 : 타치바나 코우시
그림 : NOCO
옮긴이 : 이승원

잔혹할 정도의 청춘이자
눈부실 정도의 청춘이자
눈물이 날 것만 같을 정도의 청춘이었다.

데이트 어 라이브 프래그먼트

데이트 어 불릿 4

DATE A LIVE FRAGMENT 4

SpiritNo.3
AstralDress-NightmareType　Weapon-ClockType[Zafkiel]

○프롤로그

대량의 바닷물이 입안으로 들어오자, 히고로모 히비키는 허둥지둥 뱉어냈다. 헬멧을 만져보니, 아직 무사해서 안심했다. 휴루휴루 하고 들려오는 소리에 그녀는 황급히 지면에 엎드렸다.

옆에 있던 준정령이 폭발의 충격에 휘말리며『탈락』했다.

"소령님~! 히고로모 소령님~! 무리입니다! 한 걸음도 꼼짝할 수 없습니다!"

옆에 있던 **부하** 준정령이 그렇게 외치자, 히비키는 자신의 곁으로 다가오라고 손짓으로 지시했다. 맹렬한 **탄막**에 휘말린 준정령들이 차례차례 쓰러지는 가운데, 커다란 트럼프카드 한 장이 바닥을 기어 겨우 히키비와 합류했다.

『히고로모 소령님! 대체 어떻게 하면 좋겠소이까~!』

"스페이드 중사! 저기 있는 체코 고슴도치까지 갈 수밖에 없다!"

히비키가 가리킨 것은 원래 그들의 상륙정을 막기 위한 설비로, 다리가 네 개 달린 블록과 비슷한 형태를 지닌 강철 바리케이드의 일종이었다.

『무모하오!』

"무모해도 갈 수밖에 없어! 저 **빌어먹을** 전기톱에 당하지 않도록, 신에게 빌면서 나아가자!"

스페이드는 고개를 끄덕인 후, 그녀의 등 뒤에서 떨고 있는 신병들을 향해 외쳤다.

『전진! 히고로모 소령님의 꽁무니를 졸졸 따라! 가시오~!』

"좀 더 고상한 표현 좀 써! 전진!"

바다에서 몸을 최대한 낮추고 있던 히비키 일행은 과감히 상륙을 개시했다. 히비키는 물을 먹어 몸이 무거워진 것을 실감하면서도 바리케이드까지 달려갔다.

두두두두두 하는 소리와 동시에 그녀의 발치에서 격렬한 흙먼지가 피어올랐다. 간신히 목숨을 부지했음에 안도의 한숨을 내쉴 겨를도 없이, 옆에 있던 준정령들이 차례차례 쓰러지는 광경을 봤다.

"도착! 몇 명이나 당했지?"

히비키의 물음에 스페이드가 대답했다.

『세 명 당했소이다!』

"아뇨, 방금 네 명이 됐어요~. 저, 방금 죽었거든요~."

쓰러져 있던 준정령 한 명이 손을 흔들며 그렇게 말했다.

"F!"

"네?"

"F로 시작하는 위험 단어! 여자애가 입에 담는 건 좀 그렇기 때문에 대문자만 말한 거야!"

『그런데, 이제부터 어떻게 할 것이오?!』

히비키는 바리케이드 사이로 벙커를 살펴보았다. 7.92mm

탄환이 폭우처럼 쏟아지고 있었다. 어디든 안전한 곳이 없다면, 철조망을 돌파할 수밖에 없다.

"원통형 영정폭약^{니트로드레스} 준비!"

히비키가 그렇게 외치자, 스페이드가 그 말에 대답했다.

『예스, 맘! 원통형 니트로드레스를 전달하겠소이다!』

중사가 뒤편에 있는 준정령들에게 건네받은 가늘고 기다란 낚싯대 같은 것을 히비키에게 건넸다.

히비키는 자신들과 마찬가지로 어찌어찌 체코 고슴도치에 도달한 이들에게 신호를 보냈다.

"철조망 밑까지 달려간 후, 일제 폭파!"

"오케이~." "라져!"

한 차례 심호흡을 한 히비키는 땀과 진흙으로 범벅이 된 볼을 손으로 닦은 후—.

"진격!"

또 지옥 밑바닥을 내달렸다. 말벌의 날개소리 같은 총성이 귓가에서 들려왔다. 겨우 십여 미터 앞의 철조망이 장거리 마라톤의 골인지점처럼 멀게 느껴졌다.

그래도 그들은 어찌어찌 철조망 밑까지 도착했다. 이곳은 벙커에 설치된 기관총으로 조준할 수 없기에, 겨우 숨을 돌릴 여유가 생겼다.

"잘 들어. 불이 붙으면 즉시 구르면서 물러나! 근처에 있으면 폭풍에 휘말려 버릴 거야! 그리고 입을 크게 벌리고 고함을 질러! 안 그러면 충격파 때문에 고막이 찢어져! 중사, 불을 붙여!"

『트럼프라서 불은 좀…….』

"자, 다른 사람~! 없어? 그럼 내가 할게!"

히비키는 니트로드레스에 불을 붙인 후, 재빨리 바닥을 구르며 피난했다. 주위에 있던 다른 정령들도 철조망을 향해 차례차례 원통형 니트로드레스를 던졌다.

한순간, 세상이 정지된 것 같은 느낌이 들었다.

엄청난 흙먼지와 함께 폭풍이 휘몰아치더니, 곳곳의 준정령이 비명을 질렀다. 피부가 상하겠어, 라는 비명이 많았다.

아무튼 철조망을 파괴했다. 이제 요새에 침입하기만 하면 된다.

"전원 돌—."

바로 그때, 히비키는 말을 멈췄다. 20mm 기관총 위에 앉아서 우아하게 홍차를 즐기고 있는, 이 상황에 전혀 어울리지 않는 소녀가 눈에 들어왔기 때문이다.

옆에 있는 사이드테이블 위에는 고풍스러운 장총과 단총이 놓여 있었다.

히비키는 헬멧이 흘러내리는 것을 개의치 않으며 망연자실한 목소리로 외쳤다.

"끄아~~~! 쿠루미 씨~~~~~~~~~~~!"

"자, 시작해보죠. 히비키 양을 비롯한 반란군 여러분."

토키사키 쿠루미는 찻잔을 내려놓은 후, 단총을 거머쥐었다.

그리고 한때 자신의 동지였던 히고로모 히비키를 향해 총을 겨눴다.

"이럴 수가……."

그리고 망설임 없이 방아쇠를 당겼다.

발사된 탄환은 히비키의 옆에 있던 준정령을 향해 뻗어나갔고—

헬멧 위에 달린 종이 표적이 물에 젖어 찢어졌다.

"당했다~!"

표적을 잃은 준정령은 털썩 쓰러졌다.

"그럼 여러분, 결전을 시작해볼까요. 그리고 저는 〈각각제(刻刻帝)〉를 최대한 활용할 거니 유의하세요! 자, 그럼 우선 【첫 번째 탄환】으로 가속!"

"비겁해~~~~! 후퇴~~~~~~~~~~~~~~~!"

히비키의 절규가 공허하게 울려 퍼졌다.

○다툼에 휘말린 바람의 영역

제8영역. 옆에 있던 토키사키 쿠루미의 분신이 물었다.

"그런데 이제 어떻게 할 거죠? 『저』."

"아무튼 합류부터 하죠."

쿠루미는 이 분신을 시스터스라고 불렀다. 그녀는 하얀 여왕에게 패배하고, 제3영역에 유폐되어 있던 분신이었다. 그녀는 쿠루미와 싸웠지만, 우여곡절 끝에 분신으로서 함께 싸우는 존재가 되었다.

"시스터스, 그림자로 돌아가 주세요."

"알았답니다. 그럼 실례하죠."

쿠루미는 시스터스를 일단 자신의 그림자에 집어넣은 후, 이제부터 어떻게 할지 생각하며 주위를 둘러보았다.

솔직히 말하자면, 조금 지쳤다.

그도 그럴 것이, 방금까지 비나에서 격전을 펼친 것이다. 서로를 죽이려 했고, 서로의 힘을 강탈하려 했으며, 서로의 목숨을 앗아가려 했다.

그리고 어찌어찌 도망쳤다. ……분하지만, 승리한 것이 아니라 도망친 것이다. 물론, 그 상황에서는 대역전극을 벌였다고 할 수 있다. 실질적으로 승리를 했다 해도 과언이 아니지만…….

호드에 관해서 아는 것이라고는 히비키에게 들은 것이 전부다.

두 세력이 다투고 있으며, 그 싸움은 제10영역^{말쿠트}에 버금갈 정도로 격렬하다고 들었다.

하지만 그런 것치고는…… 하고 쿠루미는 주위를 둘러보았다.

"한산하군요."

그렇다. 한산했다. 투명한 느낌이 감도는 푸른 하늘, 하늘을 찌를 듯한 하얀 뭉게구름, 주위에 우거진 수풀, 완만한 언덕이 끝없이 이어져 있으며, 매미 소리 또한 들렸다.

……매미가 있을 리가 없는데, 라고 생각한 쿠루미는 고개를 갸웃거리면서 걸음을 옮겼다.

히비키도, 까르트도 보이지 않았다. 시스터스는 지친 건지 그림자 안에서 잠을 자고 있었다. 하긴, 그런 격전을 치렀으니 무리도 아니다.

그건 그렇고, 아끼는 영장^{드레스}이…… 좀, 덥게 느껴졌다. 특히 허리 아래, 치마 부분에 열기가 어렸다.

하지만, 패션이야말로 소녀의 무기이자 의지다.

일단 더위는 무시하기로 했다. 우선은 히고로모 히비키와 까르트 아 쥬에를 찾아야 한다.

하늘을 날까도 생각했지만, 지금의 이 꼴사나운 모습으로는 좀 그랬다. 우선 낭비한 시간을 회복시켜야—

"어머."

그때, 저 멀리 인공적으로 만들어진 건물이 눈에 들어왔다.

아무래도 호드에도 준정령이 있는 것 같았다. 그렇다면 그곳에 가보는 편이 좋을 것이다. 다른 일행들도 지금 상황에서는 쿠루미와 합류할 수 있는 장소를 찾을 테니 말이다.

……토키사키 쿠루미의 추측은 아쉽게도 약간 빗나갔다. 확실히 그 두 사람은 쿠루미와 합류할 수 있는 장소를 찾아 헤맸다.

그리고 그 결과, 토키사키 쿠루미가 향하고 있는 장소에 있는 호드의 지배자, 반오인과 대립하는 반란군과 만나게 되었다.

◇

"잘 들도록! 이제부터 우리는 정예가 되어야만 한다! 우리는 너희를 최정예로 만들 것이다. 반오인의 병사들을 추풍낙엽처럼 쓸어버리는 강철 칼날이 되는 것이다!"

히고로모 히비키는 호랑이 중사인 소녀와 대화를 나누고 3분 만에 이 상황에 적응했다. 건네받은 간이 영장을 걸치고, 직립부동 자세로 서서 소녀의 연설을 듣는 모습은 신참 이등병 같아 보였다.

호랑이 중사는 자신의 이름이 쥬가사키 레츠미라고 밝혔다.

가명 같다고나 할까, 대충 붙인 느낌이 물씬 나는 이름이었다. 하지만 그럴 만한 사정이 있을 거라고 생각한 히비키는 태클을 날리지 않았다.

"옛썰~!"

참고로 까르트 아 쥬에는 「아, 무리야. 여기는 내 캐릭터성에 안 맞아! 바이바이!」 하고 세 장의 트럼프와 함께 사라졌다.

『이올소이다!』

하지만 뒤늦게 도망치려던 스페이드는 붙잡히고 말았고, 결국 히비키와 함께 훈련에 참가하는 신세가 됐다. 「옛썰」 뒤에 「이올소이다」를 붙여서 혼이 났지만, 그래도 그녀는 굴하지 않았다.

"히고로보 이등병!"

"옛썰~!"

"너희의 목적은 무엇이냐!"

"죽이고, 부수고, 굴리는 것입니다!"

"그랬나? ……뭐, 맞겠지! 좋다! 죽이고, 부수고, 굴린다! 마음에 들었다! 그럼, 구보 시작!"

준정령들이 당황한 채 달리는 가운데, 히비키는 앞장서서 내달리기 시작했다.

"음! 좋다, 히고로모 일병! 하지만 아직 부족한 게 있다! 그게 뭐라고 생각하지?!"

"썰! 노래를 하고 싶습니다만, 그래도 되겠습니까! 썰!"

"역시 뭘 좀 아는구나! 좋다, 해보도록!"

히비키는 자신의 등 뒤에서 헥헥거리며 뛰고 있는 준정령들을 향해 힘찬 목소리로 고함을 질렀다.

"잘 들어라, 이 자식들아! 내 노래를 따라 불러라! 뱃속 깊은 곳까지 울리도록 부르란 말이다! 그럼 시작하겠다!『쬐끄마한 일곱 살 쿠루미 양!』"

"쬐…… 쬐끄마한 일곱 살 쿠루미 양!"

"『쿨쿨 낮잠 자며 침을 흘리네!』"

"쿨쿨 낮잠 자며 침을 흘리네!"

"『말랑말랑 감촉이 너무 기분 좋아!』"

"말랑말랑 감촉이 너무 기분 좋아!"

"『귀여움은 백점만점, 천하무적이네!』"

"귀여움은 백점만점, 천하무적이네!"

"『한 가족이 되자!』"

"양자로 삼자!"

"『저 애를 가지고 싶어!』"

"저 애라고 하면 누구인지 몰라!"

"『상의하자!』"

"그러자!"

"히고로모 중사, 왜 하나이치몬메^{#1}를 부른 거지?!"

"그냥 불러봤습니다!"

"그런가! 잘은 모르겠지만, 템포가 좋으니 불문에 붙이겠다!"

#1 하나이치몬메(花一匁) 일본의 민요이자 놀이. 『우리 집에 왜 왔니』와 비슷하다.

"참고로 훈련가나 군가 같은 장르도 존재합니다만, 저속한 단어가 섞인 것들은 대부분 금지되었다고 합니다!"

"히고로모 중사는 모르는 게 없구나!"

쥬가사키는 감탄한 것처럼 고개를 끄덕였다.

"그런데 저를 중사로 삼아도 되는 겁니까!"

"괜찮다! 우리는 실력주의거든!"

"알겠습니다~!"

노래를 부르며 달리기만 했을 뿐인데 중사까지 승진했으니, 어쩌면 여기서는 손쉽게 출세할 수 있을지도 모른다고 생각한 히비키는 마음속으로 웃음을 흘렸다.

⋯⋯적응력은 매우 뛰어나지만, 당초의 목적을 금세 잊고 마는 점이 히고로모 히비키의 결점이라 말할 수도 있을 것이다.

◇

"멈춰라! 누구냐?!"

쿠루미가 향한 곳은 바로 견고한 성이었다. 주위에 마을은 없으며, 그저 벽에 둘러싸인 거대한 성만 존재했다. 문지기에게 검문을 당한 쿠루미는 자신의 이름을 밝혔다.

"저는 토키사키 쿠루미라고 해요. 도미니언에게 인사를 드릴까 해서 찾아왔답니다."

"이 성은 현재 전쟁중이라, 카레하 님께 알현은 금지되어 있다."

"어머, 어머. 전쟁 중…… 어느 분과 전쟁을 치르고 있는 거죠?"

"너와는 상관없는 일이다. 빨리 꺼지기나 해라."

……이런 말을 듣고 당연한 듯이 반발하는 이가 바로 토키사키 쿠루미라는 소녀다.

"그렇다면 퀸에 관한 정보는 필요가 없는 거군요. 그럼 저는 제9영역^{예소드}로 돌아가도록 하죠."

"뭐…… 자, 잠깐 기다려봐라!"

역시 퀸이라는 이름은 매우 효과적이었다. 문지기는 허둥지둥 성으로 뛰어가더니, 곧 무명천사를 지닌 여러 준정령들과 함께 돌아왔다.

"카레하 님께서 만나고 싶어하신다. 하지만, 행동에 주의를 기울이도록."

"예. 영광이군요."

성 안으로 안내받게 된 쿠루미는 미소를 지었다. 가파른 계단을 통해 본성에 도착한 그녀는 이 성의 성주 앞에 앉았다.

"……어머나, 정말 쏙 빼닮았군요."

호드의 도미니언은 기품이 묻어나는 미소를 머금으며 토키사키 쿠루미를 맞이했다.

"의자는 없나요?"

"유감스럽게도, 보시다시피, 일본풍 건물이라 말이죠."

쿠루미는 그녀와 시선을 교환했다. 긴 흑발을 지녔고, 더워 보이는 기모노를 입은 미소녀였다. 어딘가 온화한 인상인 미즈하와는 정반대로, 부드러우면서도 날카로운 칼날 같은 분위기를 풍기는 소녀였다. 그녀가 미즈하의 언니라는 게 납득이 됐다.

"당신이 미즈하 양의 언니……인가요?"

"……예, 그렇답니다. 저는 반오인 카레하라고 해요. 잘 부탁드립니다."

"제1영역에 가기 위해, 다음 영역으로 이어지는 문을 열어 줬으면 한답니다. 부탁드려도 될까요?"

쿠루미의 말에 카레하는 고개를 저으며 사투리가 섞인 반말로 말을 이었다.

"그럴 수는 없대이. 지금은 전쟁 중이다 아이가. 좀 상황이 진정된 후가 아니면 무리인기다. 애초에 이쪽에서 열 수 있는 건 제7영역으로 이어지는 문뿐이대이."

예상대로, 카레하는 쿠루미의 요구를 거절했다. 하지만 쿠루미는 그녀가 이런 반응을 보일 거라고 예상했었다. 애초에 그녀 또한 이곳에서 케테르로 바로 갈 수 있을 거라고는 생각하지 않았던 것이다.

"그럼 다른 요구를 하죠. 히고로모 히비키와 까르트 아쥬에라는 준정령을 찾아줬으면 해요."

"까르트 아 쥬에…… 그분은 비나의 예전 도미니언 아이가?"

"아, 만난 적이 있나요?"

"있대이. 이래 봬도 내는 꽤 고참 아이가."

쿠루미는 그 말을 듣고 까르트가 예전에는 도미니언이었다는 것을 떠올렸다.

"그렇게 케테르가 가고 싶은 기가? 여기서 느긋하게 지낼 생각은 읎나?"

"없군요. 저에게는 휴식을 취할 여유가 없답니다."

"유감이대이. 여기는 천국처럼 편안한 공간인데……."

"그것보다, 문에 관해서 말인데……."

"아까도 말했다시피, 전쟁 중에는 문을 열 수 없는 기다. 상대가 도망치기라도 하면 결판을 못 낸다 아이가. 그러니…… 이 전쟁을 내와 함께 끝내는 기다. 그걸 문을 열어주는 조건으로 삼고 싶은데, 어떻노?"

쿠루미는 자세를 바르게 고치고 카레하를 다시 쳐다보았다. 상대방의 이야기를 들어보겠다는 뜻을 태도로 밝힌 것이다.

"……자세한 이야기를 들려주시겠어요?"

카레하는 고개를 끄덕이며 말을 이었다.

"이 호드에서는 두 세력이 전쟁을 벌이고 있대이. 우리는 반오인, 즉 도미니언 측인기다. 그리고 다른 하나는 쥬가사키 레츠미. 이쪽은 항상 하극상을 노리고 있는 기다……. 그러니까, 반란군 같은 거재."

"그렇군요. 골육상쟁이 벌어지고 있는 건가요. 정말 좋군요."

"그럼 우리 전쟁의 방식을 가르쳐주꾸마. 우선 무기는 이 거대이."

카레하는 장난감처럼 생긴 총을 쿠루미에게 건네줬다.

"그리고 표적은 이거인기다."

이어서 금붕어 건지기에 쓰이는 종이망처럼 생긴 것을 내 밀었다.

"왠지 물총 같네요……."

쿠루미가 그렇게 말하며 방아쇠를 당겼다. 그러자 놀랍게 도 총구에서 물이 뿜어져 나왔다.

"물이 나오는군요."

"그 물로 맞추면 이기는 기다."

"오호라. 저를 놀리는 거군요."

쿠루미가 노려보았지만, 카레하는 태연자약한 표정을 지 으며 천천히 고개를 저었다.

"그런 게 아닌기다. 죽이거나 피를 보는 건 너무 무시무시 하다 아이가. 그래서 이 물총으로 싸우려는 기다. 그러면 아무도 안 다치겠재?"

"……어머, 진짜로 이걸로 싸우는 건가요?"

"뭐, 솔직히 말하자면 이벤트 같은 거죠. 부상자는 대량으 로 발생하지만 사상자는 발생하지 않는, 그런 행사예요.

……상대방도 그렇게 인식하고 있고요."

"……그렇다면 제가 도울 일은 없지 않나요?"

카레하는 웃음을 흘리면서 쥐고 있던 부채를 좌우로 흔들었다.

"이벤트라고 해도, 승패까지 사전에 정해두는 건 아니랍니다. 우리가 지면 이 반오인성은 쥬가사키성이 되는 거죠. 그러니 당신의 조력이 꼭 필요하답니다."

카레하는 그렇게 말하며 고개를 숙였다. ……설령 거절하더라도, 이 이벤트가 끝날 때까지는 문을 열어줄 수 없다고 했다. 그러니 방법이 없었다.

"하아, 그렇다면…… 어쩔 수 없군요."

"아, 그리고 당신의 천사…… 이름이 뭐였죠?"

"〈자프키엘〉입니다만, 왜 그런 걸 묻는 거죠?"

"그것도 쓰면 안 된답니다. 쓰고 싶다면, 비살상용으로 개량해야 합니대이."

"그건 좀……."

"총으로 칼등치기 같은 건 할 수 없잖아요?"

"할 수 있는데요?"

"그래도 안 돼요."

카레하는 단호했다. 하지만 쿠루미는 투덜거렸다. 자신의 탄환은 상대를 해치울 수 있을 뿐만 아니라, 상대의 목숨을 앗아가지 않고 움직임만 정지시킬 수도 있는 것이다.

"그럼 〈자프키엘〉을 물총으로 개조하는 건 어떨까요?"

카레하가 그런 제안을 하자, 쿠루미는 맙소사 하는 듯한 표정을 지었다.

"……그러면 〈자프키엘〉을 써도 되는 거죠?"

"물론이죠. 얼마든지 쓰세요."

쿠루미는 어쩔 수 없다는 듯이 한숨을 내쉬었다. 〈자프키엘〉의 개조, 그것도 강화가 아니라 약체화를 시키는 것이다. 내키지 않는 것이 당연했다.

"……아, 그럼 이 영장도 어떻게 할 수 있을까요?"

"솜씨 좋은 재봉사를 소개해드릴 수는 있답니다."

예소드에서 운동복 스타일의 영장을 맞춰서 입었던 것처럼, 이번에도 새로운 옷을 장만해서 입기로 했다. 서로의 생사를 걸고 전투를 벌이는 게 아닌 만큼, 그 어떤 복장이라도 괜찮을 것이다.

하지만 지금은 여름이다.

시원한 복장이 좋을 것 같았다. 그렇다. 예를 들면—.

◇

히비키는 하늘이 참 높다고 생각하며 뛰었다. 그녀가 어깨에 멘 것은 고풍스러운 명총(名銃), M1개런드였다. 나무와 철로 만들어진 이 총은 묵직했다.

매미의 울음소리에 귀청이 찢어질 것 같았다. 그저 하염없이 덥기만 했다. 하지만, 그 더위가 왠지 기분 좋게 느껴졌으며, 줄줄 흘러내리는 땀 또한 구보를 마치고 수건으로 닦을 때의 상쾌함을 생각하니 딱히 기분 나쁘지는 않았다.

"하아, 하아, 하아, 하아……."

『괴, 괴롭, 괴롭소, 이다…….』

"스페이드 씨, 괜찮아요?"

『하하하하하, 도망친 세 사람과 주군이 약간 원망스러울 뿐이올시다.』

트럼프인 그녀는 옆으로 뛸 때라면 몰라도 이렇게 정면으로 뛸 때는 바람의 저항을 강하게 받기 때문에 보폭이 좁아졌다. 그래서 다른 사람보다 세 배는 힘든 것 같았다.

『그리고, 납작한 소생이 총을 드는 건 솔직히 무리올시다!』

스페이드 또한 트럼프의 모퉁이에서 다른 쪽 모퉁이로 어깨에 걸치듯이 소총을 메고 있었다. 총을 쏠 수야 있겠지만 도검이 주된 무기인지라 불만을 느끼는 것 같았다.

"그야 뭐, 국민 모두가 국방의 의무를 다하기 위해 총을 짊어지는 느낌 아닐까요?"

『그 탓에 소생만 뒤처지고 있는 것 같소이다! 우엥~, 이대로 가다간 소생이 짐덩이 취급을 받을 게 뻔하오!』

"저만 믿으세요! 당신이 비누나 수건 같은 걸로 괴롭힘을 당하지 않도록 지켜줄게요!"

『큭…… 준정령의 배려가 마음 속 깊이 스며드는구려……!
소생에게 주군이 없었다면, 그대에게 충성을 맹세했을 것이
오! 괜찮다면 나와 의자매의 연을 맺지 않겠소이까?!』

"여동생! 여동생 가지고 싶어! 쿠루미 씨에게 자랑해야지!"

히비키의 욕구는 그야말로 한결같았다.

『그럼 의동생으로서, 앞으로 그대를 형님이라 부르겠소이다!』

"그, 그냥 언니라고 불러주면 안 될까요?!"

『아니 되오, 이건 양보할 수 없소이다!』

"으음~. 뭐, 좋아! 그럼 아우님! 이 언니를 따라오렴!"

두 사람은 그렇게 의붓자매 조약을 체결했다. 참고로 히비
키는 순조롭게 승진했으며, 실전에 나서지도 않았는데 이미
중위가 되었다.

"중위님! 전원 집합했습니다!"

"좋다. 전원 정렬! 자, 스페이드도 빨리 줄 서."

한 사람만 양옆으로 폭이 넓었지만, 신경 쓰지 않기로 했
다. 도망친 동료도 잔뜩 있지만, 남아 있는 준정령이 더 많
았다.

"주목~!"

히비키가 의미는 잘 모르지만 일단 머릿속에 떠오른 군사
용어를 외치자, 준정령들도 분위기 파악을 한 건지 경례를
했다.

"으음~, 크흠. 사흘 후, 우리는 호드 중심에 있는 바다를

건너 반오인성을 공격할 것이다!"

병사들이 술렁거렸다.

"하지만 우리는 이제 일기당천이라 해도 과언이 아니다! 우리는 쥬가사키의 이름을 짊어지고, 일치단결, 일석이조, 간장공장 공장장 정신으로 치키치키 뱅뱅 힘내도록 하자!"

"오, 오~!"

"대답이 작다!"

"오!!!"

"더 크게!"

"오오오오오오오!!!"   \이올소이다~/

"좋다! 자, 오늘도 슬겁게 훈련하도록 하자! 확인!"

"무기 이상 무!" "무기 이상 무!" "무기 이상 무!" "물총 싫어~."

"영장 이상 무!" "영장 이상 무!" "영장 이상 무!" "저기~, 내 수영복, 좀 작지 않아?"

"진군 개시!" "전속 전진!" "전력질주!" "주? 으음, 주위 환기?" "누가 끝말잇기를 하라고 했지?"

그런 어이없는 대화를 나눈 후, 그녀들은 오늘도 열심히 구보를 했다.

"으음, 왠지 부활동 같은 걸 하고 있는 것 같지 않아?"

『부활동이란 학교에 다니는 미성년자 여아들이 한다는 그것 말이오?』

"스페이드 씨, 왜 갑자기 문제발언처럼 들리는 소리를 하는 거예요?"

『그렇게 들렸소이까? 소생은 그런 것과는 인연이 없었소이다.』

호랑이 중사(계급은 대장) 쥬가사키 레츠미가 이끄는 군대는 총 500명(NPC 포함)이며, 그에 반해 반오인군은 총 700명(마찬가지로 NPC 포함)이다. 수적으로 열세인 이상, 기습을 감행하는 수밖에 없다. 호드는 다른 영역과 달리, 거대한 바다에 의해 두 육지로 분리되어 있다. 육지의 면적은 반란군 쪽이 좁으며, 구석에 몰려 있다고 해도 과언이 아니다.

쥬가사키 측에 있어서 반오인 측은 풍족한 토지에서 유유자적 살고 있는 녀석들이며, 반오인 측에 있어서 쥬가사키 측은 별 시답잖은 걸로 물고 늘어지는 건방진 준정령들이라는 이미지다.

하지만 결정적인 균열은 존재하지 않는다. 그 점은 그녀들의 복장만 봐도 충분히 이해할 수 있으리라.

물총, 수영복, 그리고 몸 어딘가에 달고 있는 표적…….

그렇다. 준정령들은 하나같이 수영복을 입고 있었다.

"표적에 물총을 맞지 않게 몸을 쉴 새 없이 움직이도록!"

그래서 훈련 또한 이런 느낌이다. 히비키는 직립부동 자세로 훈련을 받고 있는 이들을 지켜보면서(어느새 가르치는 입장이 됐지만, 히비키는 개의치 않기로 했다. 의외로 흔히 있는 일인 것이다), 흔들린다, 흔들리지 않는다. 흔들린다,

흔들린다, 흔들리지 않는다…… 등, 주위의 준정령들이 들으면 빈축을 살 법한 생각을 하고 있었다.

『중위님, 당치도 않은 생각을 하고 있는 건 아니오?』

"에이, 전혀, 눈곱만큼도, 절대, 그런 생각은 안했어요, 중사."

『……그것보다, 쿠루미 님에 대해서는 알아보고 있소?』

"몰래 조사하고 있는데, 이쪽 군대 안에는 없는 것 같아요."

뭐, 당연했다. 만약 그녀가 이 군대 안에 있었다면 즉시 반란군을 상대로 반란을 일으켰을 테고, 쥬가사키 대장이 따끔한 맛을 톡톡히 봤을 게 뻔하니까 말이다. 거꾸로 보자면, 그런 사태가 벌어지지 않은 것을 보면 그녀는 이 군대 안에 없다고 봐도 되리라.

……그렇다면—.

『그럼…… 호드를 방랑하고 있는 게 틀림없을 거외다~!』

"그럴 거예요~!"

두 사람은 웃으면서 머릿속에 떠오른 가능성에서 철저하게 눈을 돌렸다.

상상하는 것만으로도 무시무시했던 것이다. —토키사키 쿠루미가 반오인 측과 접촉했을 뿐만 아니라, 반오인 카레하에게 협력하게 되는 사태 같은 것은 말이다.

아니, 설마, 그럴 리 없을 것이다. 분명, 아마, 십중팔구, 틀림없이, 절대 말이다.

◇

그런 설마 하던 사태가 벌어졌다.

"아하. 수영복으로 갈아입고, 각종 어트랙션을 즐기면 되는군요."

현재 쿠루미는 반오인성의 식객이 되어 있었다. 카레하의 부하들에게 극진한 대접을 받으며 만족스러운 생활을 하고 있기 때문에, 다른 의욕이 싹 날아간 상태였다.

지금은 카레하와 함께 성안에 있는 넓은 정원을 둘러보며 홍차를 즐기고 있는 중이다. 내는 녹차가 더 좋은디…… 하고 카레하는 투덜댔지만, 마셔보지도 않고 싫어했던 건지 홍차에 우유와 설탕을 듬뿍 넣어서 즐기고 있었다.

"그래요~. 바다를 건너온 반란군들은 이쪽에서 고생고생해서 만든 어트랙션을 하나하나 클리어한 후, 마지막에는 저와 결전을 치르는 거랍니다."

"……평화로운 방식이군요."

쿠루미는 살벌함과는 거리가 먼 이야기를 듣고 어이없다는 투로 그렇게 말했다. 하지만 카레하는 미소를 흘리며 말을 이었다.

"원래는 그랬죠. 하지만 지금은 어트랙션까지 도달하는 이가 거의 없습니대이. 모래사장에서 대부분 전멸해버린다 아닙니꺼."

"죽지는 않는 거죠?"

"웬만해서는 죽지 않지예."

"어머, 사상자가 발생할 때도 있나요?"

"무명천사에 의한 사고 같은 게 때때로 발생하기도 합니대이. 그리고…… 예의 빈껍데기가 되기도 한다 아닙니꺼."

쿠루미는 아하, 하고 납득했다.

허무, 공허, 빈껍데기^{엠프티}가 되는 것이다. 그것만큼은 막을 방법이 없다.

"그럼 평화롭군요. 말쿠트는 정말 심각했는데 말이에요."

"살벌한 싸움은 거기나 제5영역^{게부라}에서 하면 됩니대이. 우리는 평화, 평화가 최고지예."

"……게부라에 대해 아는 게 있나요?"

"이래봬도 도미니언 아닙니꺼. 일단 다른 영역에 관한 지식도 꽤 가지고 있습니대이."

"괜찮다면 알려주지 않겠어요? 저의 최종목적은 케테르에 가는 거지만, 아무래도 그곳에 가려면 꽤 많은 영역을 지나야만 할 것 같거든요."

반오인 카레하는 부채로 입가를 가리며 빙긋 웃었다.

"……뭐, 딱히 할일도 없으니, 그거나 설명해볼까예."

카레하는 부채를 접더니, 허공에 어떤 도형을 그리기 시작했다.

"이건……."

"각 영역을 알기 쉽게 도면으로 그려봤어요."

"출발지점이 말쿠트였고, 그 다음은 예소드에 갔지예? 그리고 지금은 호드……."

"이렇게 보면, 최단 거리로 갈 수도 있을 것 같군요."

"그렇지예? 제6영역^{티파레트}에 가면, 적어도 케테르의 문까지는 갈 수 있겠지만…… 그건 무리입니대이."

"어째서죠?"

"보시다시피, 자물쇠가 걸려 있기 때문이에요."

"흐음. 자물쇠……인가요."

문은 엄중하게 봉인이 되어 있으며, 그것을 풀기 위해서는 도미니언의 동의가 필요하다.

"예전에 말쿠트의 문을 통과할 때는 히비키 양이 해킹을 해줬죠."

"그런 건 무리입니대이. 다른 곳도 말쿠트처럼 보안이 물러터졌을 거라고는 생각하지 마이소. 여기는 네차흐와 예소드로는 문을 개방하고 있지만, 게부라와 티파레트, 말쿠트는 문을 닫고 있을 뿐만 아니라, 엄중히 관리하고 있습니대이."

"그렇군요. 혹시 그것도 퀸 탓인가요?"

"당연하다 아입니꺼."

카레하는 어깨를 으쓱했다.

"도미니언들은 그 퀸과 만났습니대이. ……진짜 무시무시했다 아닙니꺼. 그딴 괴물, 준정령은 어찌할 수 없습니대이."

"저는 이겼는데요?"

"……듣자하니, 죽자 사자 도망 다니다 겨우 한 방 먹여줬다고 안 했습니꺼?"

"사실이라 그런지 더 열 받는군요……!"

"어머, 무섭습니대이."

카레하는 어깨의 먼지를 손으로 터는 시늉을 했다.

"하지만 듣자하니 여기에도 침입경로가 존재했다는 거지예? 그걸 알려줘서 감사합니대이."

카레하가 칸사이 지방을 연상케 하기도 하고 아니기도 한, 그런 기묘하면서도 푸근한 악센트의 사투리로 그렇게 말하자, 쿠루미는 퉁명한 어조로 대충 대꾸했다.

"성의 없는 감사 인사를 들어봤자 전혀 기쁘지 않군요."

"으음, 네차흐로 이어지는 문을 열어달라는 것 말고는 가능한 한 들어드리겠습니더. 아, 히비키 양과 까르트 양은 적 측에 있는 것 같으니, 그 두 사람도 포기해 주이소."

"그 둘 말고…… 아, 그래요. 이곳에 계신 준정령 여러분의 시간을 조금씩만 받아가도 될까요?"

카레하는 그 말을 듣고 부채질을 멈추더니, 잠시 생각에 잠겼다.

"으음~. 곧 있으면 전쟁이 시작되니 쓰러져 버릴 정도로 흡수하지는 말아주이소. 아, 그래도 내한테서는 목숨을 잃을 정도로 흡수해도 됩니대이."

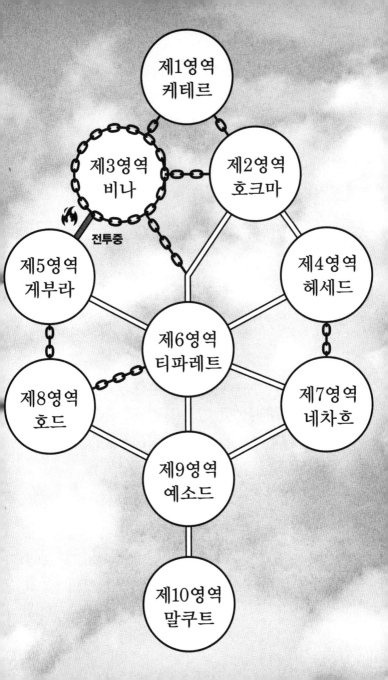

―그것은 기습에 가까운 한마디였다.

"……으음, 방금……."

카레하는 조용히, 그리고 비밀을 속삭이는 듯한 어조로 말했다.

"내한테서는 목숨을 잃을 정도로 흡수해도 됩니대이."

여름의 햇살, 메마른 공기, 매미 소리…….

폭력적인 햇살은 생명의 포효 그 자체다.

그래서 카레하가 말한「목숨을 잃을 정도로」라는 말이 기묘할 정도로 마음에 걸렸다.

"……짓궂은 농담이군요."

그런 별것 아닌 한마디를 건네는 데도, 상당한 시간이 걸리고 말았다.

카레하는 쿡쿡 하고 웃음을 흘렸다.

"맞습니대이. 짓궂은 농담입니더."

카레하는 부채를 접었다. 그리고 몸을 일으키더니, 자갈이 깔린 정원을 천천히 걷기 시작했다.

"……후방지원을 담당하는 애들에게 이야기를 해두겠습니다. 시간을 많이 지닐수록 강해지는 거지예?"

"예, 그렇답니다."

쿠루미가 전투를 치르는 데 필요한 연료는 세 가지다.

그림자, 영력, 그리고 시간. 그림자는 〈자프키엘〉에 장전하기 위한 무한한 탄환이며, 그와 동시에 분신들을 대기시키기 위한 공간으로 이용한다(그리고 당연히 빛이 존재하는 한, 그림자는 사라지지 않는다). 영력은 천사와 영장을 구성하며, 존재를 유지하기 위해 필요한 것이다. 그리고 가장 대량으로 소비되고, 싸우기 위해 꼭 필요한 것이 바로『시간』이다. 〈자프키엘〉의 능력을 쓰기 위해 말이다.

……다시 생각해보니, 압도적인 전투능력에 걸맞게 대가 또한 컸다.

인계에서는 영력을 모을 방법이 얼마든지 있다. 예소드처럼 노래를 해서 보충을 하는 것도 가능하다.

하지만, 『시간』은 의도적으로 보충해야만 하며, 드롭 아이템처럼 굴러다니지 않는다. 〈시간을 먹는 성〉— 생물(준정령 포함)로부터『시간』을 흡수하는 능력을 쓰지 않는 한, 이 연료는 전투를 치를 때마다 극심하게 낭비되는 것이다.

물론 비나에서처럼 시간을 회복시킬 수도 있지만…… 그것은 영역이 쿠루미와 동일한 영속이며, 같은 능력을 지닌 퀸이 있었기에 예외적으로 가능했던 것이다.

애초에 이 인계에는 『시간』이라는 개념 자체가 희박했다. 말쿠트처럼 낮과 밤이 분리되어 있기만 한 것이다. 살아있는 존재는 준정령뿐이며, 그 외에는 NPC나 BOT 같은 것이 생겨날 뿐이다.

"저기, 카레하 양."

쿠루미는 생각을 일단 중단하고 아지랑이 너머에 존재하

는 소녀에게 말을 건넸다.

"이 인계는 대체 뭐라고 생각하죠?"

시간의 개념이 희박하고, 영력만 있다면 그 어떤 물질이든 생성할 수 있으며, 현실에는 존재하지 않는, 그런 몽환적인 세계…….

이곳은, 마치―.

"글쎄예? 천국 같은 거 아니겠습니꺼?"

반오인 카레하는 푸근한 목소리로 그렇게 말했다. 그녀는 쿠루미와 똑같은 생각을 가지고 있었다.

이 인계는 천국이고, 지옥이자, 낙원이며…….

"……어머?"

아지랑이 탓인지, 갑자기 카레하의 존재가 일그러져 보였다.

"왜 그러십니꺼?"

"……아무것도 아니랍니다. 그럼 저는 산책을 겸해 후방지원을 맡은 준정령 여러분께 『시간』을 얻으러 가겠어요."

"그렇게 하이소."

쿠루미는 바닥을 박찼다. 그런 그녀를 배웅한 후, 카레하는 자신의 팔을 살며시 만졌다.

한낮의 뜨거운 햇살 아래인데도 불구하고, 팔이 얼음장처럼 차가웠다.

"큰일이대이. 역시 퀸 탓인길까. 아니면 역시 내가 망가졌기 때문인길까……."

카레하는 하늘을 올려다보았다.

눈부신 빛은 안구를 태우려는 것만 같았다. 하지만, 너무나도 사랑스러웠다.

이 성도, 저 하늘도, 매미 소리도, 풍족한 숲마저도, 전부 자신이 쌓아올린 것이다. 그렇게 생각하니, 왠지 멋쩍으면서도 자랑스러웠다.

"살아있는 것만으로도 재수인디……."

카레하는 머나먼 과거를 떠올렸다.

몇 년이나 이렇게 살아온 것일까.

혹은 몇 달도 채 되지 않는 것일까.

시간의 개념은 누구에게 있어서도 애매모호했다. 추억은 존재하지만, 시간의 척도는 존재하지 않았다.

그저 막연히, 자신은 오래 살아온 편이라고 반오인 카레하는 생각하고 있었다.

"카레하 님."

그때 사가쿠레 유이가 카레하에게 다가왔다.

"응?"

네차흐 측으로부터 빌린 유이는 엄밀히 따지자면 준정령이 아니다. 이 인계에서 유일하게 준정령이 아닌 생명체라고 해도 과언이 아닌 것이다.

사가쿠레 유이는 자동인형이자, 공예품이었다.

그녀는 첩보, 파괴공작, 혹은 암살의 전문가다. 닌자에게 필요한 온갖 기능을 갖추고 있었다. 하지만, 어차피 네차흐의 도미니언인 사가쿠레 유리가 만든 것에 지나지 않는다. 언제 자신을 배신하고 목숨을 앗아가려 할지 모르는 것이다.

……유리가 이 말을 듣는다면 그런 결함품은 만들지 않는다며 투덜댈지도 모르지만 말이다.

"미즈하 님…… 여동생 분께서 만나 뵙고 싶다 하십니다만……."

유이의 말을 들은 순간, 카레하의 온화한 표정이 확 어두워졌다.

"내는 만나고 싶지 않대이. 전에 내가 말했재?"

"예. 하지만—."

유이가 말을 이으려 하자, 카레하는 부채를 휘둘러 그녀의 말을 막았다.

"내는, 만나고 싶지 않대이."

카레하는 그것으로 대화가 끝이라는 듯이 자리를 벗어나려 했지만, 유이가 그런 그녀의 등을 쳐다보며 말했다.

"……그럼 멋대로 만나러 가겠다며, 미즈하 님께서 말씀하셨습니다."

"뭐?"

카레하는 걸음을 멈추고 뒤를 돌아보았다.

"현재 예소드의 정세는 안정됐으며, 키라리 리네무 님도 계시니 자신이 자리를 비워도 문제될 것이 없다. 멋대로 이곳에 와서, 멋대로 이곳에 머물겠다고 말씀하셨습니다."

"……키라리 씨와 같이 있다보니 지혜가 생긴기가……."

지혜, 라기보다 야생의 직감에 가까울까.

"그럼 멋대로 하라고 하그라. 하지만 내는 안 만날 끼대이."

"……대체, 왜 그렇게 한사코……."

유이가 슬퍼하듯 미간을 찌푸렸다. 한순간, 격렬한 감정이 입 밖으로 터져 나올 것 같았지만 겨우 억눌렀다.

카레하는 부채를 거칠게 접으면서 차가운 어조로 말했다.

"니한테 그런 걸 가르쳐 줄 이유가 없대이."

지극히 옳은 말이다. 유이는 천천히 고개를 숙이더니, 짤막하게 응답을 한 후 도망치듯 자리를 벗어났다.

……카레하는 좀 미안하다는 생각이 들었다.

그녀는 아무런 잘못이 없다. 아니, 카레하의 도움이 되기 위해 필사적으로 헌신하고 있었다. 말쿠트에서 벌어지는 데스 게임에도, 살아서 돌아올 수 없다는 것을 알면서도 참가했다.

카레하는 유이를 다시 불러서 이야기를 할까 고민했지만, 입에서 목소리가 나오지 않았다.

그딴 건 아무래도 상관없다— 그런 계시에 가까운 말이 갑자기 자신을 찾아왔기 때문이다.

그래서 카레하는 유이에게 말을 건네지 않았다.

"아아— 결국, 내란 애는 변함이 없는 기가."

카레하는 체념한 듯한 어조로 그렇게 말한 후, 자갈을 밟으며 걸음을 옮겼다.

◇

"잘 먹었어요."

"저기…… 방금, 무슨 일이 있었던 거죠?"

후방지원을 담당한다는 준정령들이 어리둥절한 표정을 지으며 그렇게 말했다. 다행히 그들의 인원수가 많았기에, 극도의 피로를 느낄 정도로 『시간』을 흡수할 필요는 없었다.

아마 다들 평소보다 조금 더 피곤하다고만 느끼고 있으리라.

"아무것도 아니랍니다. 그럼 이만 실례하죠. 앞으로도 후방지원에 힘써주세요."

쿠루미는 그렇게 말하고 자리를 벗어났다.

성문을 지나서 잠시 걸음을 옮기자, 꽤 근대적인 요새인 토치카가 보였다. 아까 본 성채가 호드의 상징이자 카레하의 거주지라면, 이 요새야말로 전선기지다.

요새 앞에는 모래사장과 바다가 펼쳐져 있었다. 모래사장에는 철조망이 설치되어 있었다. 쿠루미는 이 지형이 왠지 눈에 익다는 생각이 들었다.

하지만 그녀의 기억으로는 이런 장소에 와본 적이 없다……고 생각한다. 뭐, 건너편 세계^{현실}의 기억을 대부분 잃었으니, 그런 생각 자체에 의미가 없지만 말이다.

만약 그녀가 고전 영화를 떠올렸다면, 바로 감이 왔을 것이다.

아, 여기는 오마하 비치구나, 하고 말이다.

아무튼, 아직 전쟁^{게임}은 시작되지 않았다. 그래서 쿠루미는 요새를 산책하면서 모래사장에서 느긋하게 시간을 보내기로 했다.

반오인성이 우아함으로 가득 차 있었다면, 여기는 투박함으로 가득 차 있었다.

"탄약, 탄약을 가져와!"

누군가가 그렇게 외치자, 또다른 누군가가 탄약통을 들고 뛰어다녔다. 곧 전쟁이 시작될 것임을 피부로 느끼고 있는 것이리라. 사상자는 발생하지 않는다 할지라도, 이 살벌한 분위기는 꽤 마음에 들었다.

생각해보니, 그녀들에게 있어서도 반오인성에서 쫓겨날지도 모르는 상황인 것이다. 매번 격퇴에 성공했다 할지라도, 마음에 여유가 있을 리가 없다.

기왕이면 산악지대에서 요새를 내려다보자고 생각한 쿠루미는 행선지를 변경했다.

"어머?"

그러다 척후병 훈련 중으로 보이는 집단과 마주쳤다. 항

상 느긋해 보이는 카레하의 성격 때문인지 반오인 측의 병
사는 좀 차분한 느낌이었지만, 그녀들은 걸음걸이부터 절도
있을 뿐만 아니라 표정도 결연했다.

"······."

침묵. 대장으로 보이는 준정령이 면도날처럼 날카로운 눈
길로 쿠루미를 노려보았다. 쿠루미는 쓴웃음을 지으면서 자
신이 반오인 카레하의 식객이라는 점을 설명하려 했다.

"실례할게요. 저는—."

바로 그때였다. 상대방이 팔을 들어 다짜고짜 어딘가를
가리켰다.

그리고 문제가 발생했다. 그녀들이 거머쥔 무기는 물총이
아니라, 살상능력이 해방된 무명천사였다······!

"어머."

그렇다면 이들은 반오인 측의 군대가 아니라 반란군인 걸
까. 쿠루미는 난처하게 됐다고 생각하며 고개를 갸웃거렸
다. 그도 그럴 것이, 쿠루미의 무기 또한 살상기능을 지니고
있는 것이다. 아마 그들은 아직 전쟁이 시작되기 전이라 정
찰을 하러 온 것이 틀림없었다.

하지만, 무기를 쥔 쿠루미와 마주치고 만 바람에 반사적
으로 무기를 치켜든 것이리라.

손속에 사정을 둘 수 있으면 좋겠지만— 그렇게 생각하며
한숨을 내쉰 쿠루미는 자기 자신에게 【알레프】를 쏴서 도약

한 후, 대장으로 보이는 준정령을 두 발로 걷어찼다.

예술적일 만큼 아름다운 드롭킥이었다.

그 모습을 본 준정령들이 굳어버린 가운데, 쿠루미는 한 손으로 자신이 기절시킨 대장을 들어 올린 후, 무기 대신 집어던졌다.

"시스터스, 손속에 사정을 두세요."

"알고 있답니다. 적당히 봐줄 테니 걱정하지 마세요."

갑자기 그런 목소리가 들려오더니, 쿠루미의 그림자가 일그러지면서 척후병들의 발치에서 새하얀 손이 모습을 드러냈다.

"영~차~!"

그런 귀여운 목소리가 들린 후, 한 준정령이 바닥에 쓰러졌다. ……아무래도 그림자에서 나온 손에 발목을 잡히며 그대로 넘어진 것 같았다.

"꺄앗?!"

그 준정령의 안면이 그대로 지면에 처박혔다. 기절한 자가 한 명 더 늘었다. 그 광경을 본 준정령들은 허둥지둥 자신의 발치를 확인했고― 이번에는 쿠루미가 또 롤링 소배트, 섬머솔트 킥, 내려차기라는 발차기 코스를 선보였다.

쿠루미가 손으로 가볍게 치마의 먼지를 털 즈음, 준정령들은 기절하거나 낮은 신음을 흘리며 꼼짝도 하지 않았다.

"……혹시 너무 심했으려나요?"

"하지만 이 상황에서 손속에 사정을 뒀다간, 저희가 다쳤을 거잖아요."

시스터스의 말이 옳다. 이 상황에서 한쪽이 부상을 당하기라도 했다간, 전쟁놀이가 아니라 진짜 전쟁을 치르게 되는 것이다.

"……그럼 그녀들을 옮기는 김에 반란군 측에 인사라도 하도록 할까요?"

"가능한가요?"

"저희는 어디까지나 식객에 지나지 않고, 아마 지금 바로 전쟁이 시작……되지는 않을 테니까요."

"언제나 전쟁은 한 발의 총알에 의해 시작되는 법이랍니다~."

시스터스의 지적은 옳지만, 쿠루미는 가능하다면 반란군 측도 한번 살펴보고 싶었다.

히비키와 까르트가 반란군 측에 속해 있을 거라고 여겨지고 있지만, 어쩌면 그렇지 않을 가능성도 있다. 그리고 그녀들이 반란군 측에서 벗어나고 싶어 한다면, 도와줄 생각이다.

"……흠, 그렇군요."

시스터스는 고개를 끄덕였지만, 표정으로는 난색을 표하고 있었다.

"왜 그러죠?"

"아, 히고로모 양이 반란군 측에 있는지 확인할 필요는 있겠죠. 그리고, 탈출시킬 수 있는 상황이라면 탈출을 시키는 것도 올바른 생각일 테죠. 예. 하지만 또 하나의 가능성이 존재하며, 『저』는 그 가능성으로부터 일부러 눈을 돌리고 있다는 느낌이……."

"예?"

쿠루미가 영문을 모르겠다는 듯이 고개를 갸웃거리자, 시스터스는 「……뭐, 좋아요」 하고 중얼거리며 실신한 정령들을 그림자에 집어넣었다.

"일단 그쪽에 간 후에 풀어주도록 하죠."

쿠루미는 일단 요새로 돌아간 후, 바다를 건너는 데 필요한 고무보트를 요구했다.

준정령들은 쿠루미가 식객이라는 건 알고 있지만, 함부로 바다를 건너는 건 곤란하다며 투덜댔다. 하지만 쿠루미는 전투를 치르러 가는 게 아니라며 어찌어찌 승낙을 얻어냈다.

"그럼 가죠."

"조심하시길……."

준정령들은 경례를 하며 그렇게 말했다.

"다녀오겠어요~."

쿠루미는 느긋한 어조로 대답한 후, 고무보트의 엔진에 시동을 걸었다.

"그건 그렇고, 바다에 오니 이 옷이 더욱 덥게 느껴지는군요. 슬슬 갈아입어야겠어요."

"아, 저도 수영복을 갖고 싶어요."

"그럼 슬슬 소환할 생각인 또 한 명의 토키사키 쿠루미의 몫까지 마련해두는 편이 이상적일 것 같군요……."

◇

"달려요! 달리고, 달리고, 또 달리라고요! 전쟁에서 중요한 건 지구력이에요!"

"옛썰~!"

"자, 무사히 완주하면 크레페를 사줄게요!"

"만세~, 히비키 대장님 최고~!"

"아하하, 그런 진실을 일부러 언급할 필요는 없는데 말이에요!"

『뻔뻔한 걸로는 정말 천하일품이구려. ……그건 그렇고, 다들 열심히 뛰시오! 평면인 소생보다 뒤처지면, 벌칙게임을 받게 될 것이오!』

"스페이드 중사님은 악마야~!"

『악마라도 상관 없소이다! 소생은 트럼프니까 말이오!』

히비키가 훈련시킨 부대는 실력이 부쩍 좋아질 뿐만 아니라 탈락자 또한 가장 적었다. 그래서 우두머리인 쥬가사키는 히비키를 칭찬하며 더욱 출세시켰다.

현재 히고로모 히비키는 소령이며, 그녀가 이끄는 부대의 인원은 마흔 명이 넘는다.

"휴우, 옛날에 히비P라는 호칭으로 아이돌을 프로듀스하던 시절이 생각나네요……."

『그대는 안 해본 일이 없는 것 같소이다…….』

물론 출세를 했다고 해서 병사인 준정령들을 장기말처럼 부리기만 하지는 않았다.

한 사람 한 사람과 이야기를 나눌 뿐만 아니라 「그렇구나~」 하며 동의하고, 긍정하며, 조언을 하고, 인도했다.

덕분에 히비키의 휘하에 있는 부하들은 사기가 높고, 의욕이 넘쳤다. 이제는 자신의 부대만이 아니라, 다른 부대의 부대원들로부터도 동경의 대상이 되고 있는 것 같았다.

"자, 그것보다 오늘은 그걸 받는 날이에요, 스페이드 씨."

『아, 수영복 말인게요!』

"히비키 소령님은 어떤 수영복을 좋아하세요~?"

"큐트한 거? 청초한 거? 색기 넘치는 거? 이미지비디오에 나올 만한 거?"

"으음, 일단 청초한 게 좋을 거 같아요~. 저는 청초의 화신 같은 존재니까요!"

히비키가 그렇게 말하자, 병사들은 아하~ 하고 고개를 끄덕였다.

『방금 그건 태클을 유도하는 발언이었다고 생각하오만, 어떻소이까?』

"으으, 스페이드 씨의 이해심이 마음에 스며드는 것만 같아요……."

아이돌을 프로듀스할 때도 그랬지만, 자신은 한 번 기세를 타기 시작하면 주위 사람들에게 존경을 받게 되는 것 같았다.

특수능력 같은 거라고도 생각했지만, 단순히 자신의 특성에 지나지 않을지도 모른다.

"그럼 오늘은 이만 해산! 곧 전쟁이 시작될 테니, 다들 파이팅이에요~!"

"파이팅~!"

히비키가 주먹을 치켜들자, 마흔 명의 부하 또한 주먹을 치켜들었다. 그 모습은 꽤 볼만했다.

……자, 이 상황은 간략하게 표현하자면 히고로모 히비키는 반란군 생활을 마음껏 즐기고 있었다.

그렇다. 즐기고 있는 것이다.

그 결과, 문제가 발생했다. 그녀가 무사할 거라 확신하면서도 군인이라는 극도로 힘든 직업을 가지게 된 히고로모 히비키를 걱정한 소녀의 분노는 과연 얼마나 그 즐거움에 반비례할 것인가?

"……호오~."

소녀의 입에서 불온한 목소리가 흘러나왔다.

전쟁에 참가할 자는 전원이 수영복을 입어야만 한다. 하지만 이등병이나 일병의 수영복은 통일되어 있다.

남색의 투박해 보이는 그 수영복은 화려함이라고는 눈곱만큼도 존재하지 않는다.

하지만, 부대 지휘관급이 되면 수영복을 자유롭게 고를 수 있다. 그것이 바로 상관의 특권이었다.

소위 이상의 준정령들은 수영복 모델을 보면서, 꺄아~ 꺄아~, 이것도 아냐, 저것도 아냐, 같은 말을 늘어놓으며 자신의 영장을 변경시키고 있었다.

"우후후, 우후후. 스페이드 씨, 수영복이에요, 수영복!"

『화려하기 그지없소이다~. ……어, 소생도 골라야 하는 것이오?!』

"당연하죠! 어찌된 영문인지 저희도 상관이 되었으니까요!"

『하지만 소생은 아직 중사이올소이다. 병졸들은 수영복을 통일시켜야 한다고 생각하오만, 히비키 소령님…… 아니, 형님.』

"그건 상관의 특권으로 어떻게 된대요. 함께 지옥의 훈련을 받은 사이인 만큼, 귀여운 수영복을 고르죠~!"

스페이드는 그 말을 듣고, 진지하게 고민하기 시작했다.

"나는 뭐로 할까~. 흰색 수영복에 파란색 파레오를 걸칠까~♪"

히비키 일행은 한껏 들뜬 채로 수영복을 골랐다. 그리고 히비키를 언니라 여기며 동경하는 병사들이 계속 말을 걸어왔고, 그녀는 미소를 지으며 병사들의 말에 대답했다.

……그런 히비키의 뒤편에는 날카로운 시선으로 그녀를 쳐다보고 있는 이가 있었다.

"호오~, 호오~, 호오~~~."

오호라.

아무래도 완전히 적으로 돌아선 것 같았다.

"저, 저기…… 쥬가사키 님께서 만나고 싶어 하십니다."

그때, 쿠루미의 뒤편에서 목소리가 들려왔다. 무사히 바다를 건넌 쿠루미는 바다를 감시하고 있던 소녀에게 자초지종을 설명했다.

쿠루미가 그림자에서 꺼낸 대장을 본 준정령은 그녀가 반란군의 일원이라는 것을 확인한 후에 쥬가사키에게 연락을 취했다. 그리고 이 자리에서 잠시 기다려 달라고 말했지만, 쿠루미가 그 말에 따를 리가 없었다.

쿠루미는 시스터즈와 함께 반란군의 아지트를 둘러보고 다녔다.

……뭐랄까, 이곳에는 체육제와 문화제가 동시에 열린 학교 같은 분위기가 감돌고 있었다. 운동복 차림으로 뛰어다니고 있는 병사들이 있었으며, 그 옆에는 시끌벅적하게 수영복을 고르고 있는 소녀가 있었다.

"곧 전쟁이 시작되겠네~." "시작되자마자 퇴장당하지 않도록 힘내야지!" "저기~, 어느 수영복이 괜찮아 보여?" "작전

은 똑똑히 기억했어?"

이러쿵저러쿵.

바쁘게 준비를 진행 중인 반오인성과 비교하자면, 왠지 즐거워 보였다.

……쿠루미가 걱정을 하며 찾아다닐 때도, 이렇게 즐거웠으리라.

"저, 저기……."

또 한 번, 준정령이 말을 걸었다.

고개를 돌린 쿠루미는 초면인 상대가 질려버릴 만큼 박력이 넘치는 미소를 지으며 대답했다.

"예, 가죠."

참고로 시스터스는 이미 그림자 안으로 피신했다. 귀찮은 일에는 얽히고 싶지 않은 것 같았다.

쿠루미가 텐트 안으로 들어가자, 지도를 보며 작전을 세우고 있던 쥬가사키 레츠미가 그녀를 돌아보았다.

"네가 반오인의 식객인가."

"예, 그렇답니다. 그리고 일단 이들은 돌려드리죠."

그림자에서 사람이 공처럼 펑펑 튀어나오더니, 텐트 안에 쌓였다.

그 거친 취급, 그리고 그림자에서 사람이 튀어나오는 불가사의한 현상에 주위가 술렁거렸다.

쥬가사키는 쓰러져 있는 그녀들을 힐끔 쳐다보았다.

"진짜로 그녀들이 잠입을 했었던 건가?"

"게다가 다짜고짜 총으로 겨누더군요. 피로 피를 씻는 전쟁을 치르고 싶은 건가요?"

쥬가사키는 침묵에 잠기더니, 혼절한 상태인 대장의 미간을 손가락으로 가볍게 두드렸다.

"……윽."

벌떡 일어선 대장은 좌우를 둘러보며 상황을 파악하더니, 곧 얼굴이 새파랗게 질렸다.

"너, 반오인 측 녀석들의 목숨을 빼앗을 생각이었던 거냐?"

"아, 아뇨! 그럴 생각은 없었습니다!"

대장으로 보이는 자가 고개를 저으며 그 말을 부정했다.

"그럼 그 총은 뭐지?"

"이, 이건, 그러니까……, 버, 버릇이라…… 그래도 쓸 생각은 없었습니다……."

"그게 정말인가요~?"

쿠루미는 괜히 자극하듯 그렇게 물었다.

"—솔직하게 대답해라, 토도 소위. 너는, 진짜로, 반오인과 목숨이 오가는 싸움을 벌일 생각이었던 거냐?"

텐트 안의 분위기가 급격하게 변했다.

그런 분위기를 느낀 쿠루미는 입을 다물었다. 쥬가사키 레츠미는 아무래도 정말 화가 난 것 같았다. 하지만, 토도는 불만어린 어조로 중얼거렸다.

"……그렇지만, 살생을 저지르지 않는 건…….."

"우리가 하는 건 살생이 아니라 전쟁이다."

"전쟁은 살생이라고요!"

"이 세계에서는 그렇지 않아!"

토도의 말에 쥬가사키가 반박했다. 기절한 대원들도 차례차례 일어나서 상황을 파악하더니, 자신들을 포위한 준정령들을 위협하듯 총을 거머쥐었다.

"서로에게 상처를 입히면 그것이 점점 가속되며, 그 끝에 기다리는 건 말쿠트 같은 파멸뿐이야. 이기려는 마음은 중요하지만, 상대를 죽여선 안 돼!"

쥬가사키가 그렇게 말하자, 토도라 불린 준정령이 혀를 찼다.

그녀는 몸을 일으키더니, 납득이 안 된다는 듯이 날카로운 눈길로 쥬가사키를 노려보았다.

"—정말 물러터졌네요. 그러니까 계속 지기만 하는 거예요."

쥬가사키는 부들부들 떨기 시작했고, 눈가에는 눈물이 맺혔다. 그 표정을 본 토도의 얼굴에 경멸의 빛이 어렸다.

주위의 준정령들이 분노에 사로잡히기 시작했다. 그것을 눈치챈 건지 토도도 무명천사— 총기를 고쳐쥐었다.

일촉즉발의 분위기가 주위를 가득 채우자, 쿠루미는 어이없다는 투로 중얼거렸다.

"······그럼 말쿠트로 가면 되지 않나요?"

─지극히 옳은 말이다.

그렇게, 그렇게 상대방을 죽이고 싶다면······.

말쿠트에 가면, 얼마든지 그럴 수 있는 것이다.

"그곳에는 제정신이 아닌 분들만 모여 있답니다. 실은 저도 한 번 휘말렸었죠."

배신이나 계략은 당연지사이며, 서로를 아무렇지도 않게 죽이려 든다. 전투에 특화된 비정상적인 준정령들이 그곳에 모여 있는 것이다.

······물론 준정령에게는 죽음이라는 개념이 희박하며, 살인에 대한 허들 또한 낮다는 점도 크게 작용하리라. 살해를 당하면 빛의 입자가 되어 사라지니, 마치 게임 속 세계 같았다.

하지만, 그래도 역시 말쿠트는 비정상적이기 그지없었다.

그러니, 그렇게 살생을 저지르고 싶다면······.

그 영역에 가면 된다.

"그건─"

토도는 갑자기 말끝을 흐리며 입을 다물었다.

"어머나~. 혹시~, 혹시 말이죠. 아뇨, 설마 그렇지는 않을 거라고 생각하지만 말이죠? 혹·시·말·이·에·요? 무서워서 말쿠트에는 가지 못하겠나요?"

아까 토도가 한 말은 어린애의 치기어린 발언처럼 느껴질 정도의 독설이었다.

분노한 토도가 쿠루미에게 달려들려고 한 순간, 그녀의 미간에 〈자프키엘〉의 총구가 닿았다.

　"저는 살생을 벌이지 않는 것도 정말 대단한 일이라고 생각한답니다. 각자가 각자의 영역에서 어떤 형태로든 살아가려 한다…… 그것은 존중받아 마땅한 일이죠."

　토도는 입술을 깨물었다. 굴욕에 사로잡힌 채 온몸을 떨고 있었다.

　하지만 쿠루미의 발언은 지극히 옳았다. 그렇게 살생을 저지르고 싶다면, 그것에 특화된 영역에 가면 되는 것이다. 예소드에서 말쿠트로 가는 것 또한 그렇게 어려운 일이 아니다.

　그런데 말쿠트에 가지 않는다면, 그자는 겁쟁이에 지나지 않는다.

　쿠루미는 약간 격앙된 어조로 그것이 얼마나 겁쟁이 같은 행동인지 이야기하려 했다.

　"……멈춰, 토키사키 쿠루미."

　하지만 누군가가 쿠루미를 말렸다. 다름 아닌 쥬가사키가 근심어린 표정으로 말했다.

　"그녀의 말이 옳다고는 생각하지 않고, 앞으로도 그런 짓을 할 생각은 없다. 하지만, 더는 토도 소위를 비난하지 말아줬으면 한다."

　쿠루미는 그 말을 듣더니 머쓱한 표정을 지으며 〈자프키엘〉을 치웠다.

토도는 고맙다는 말도 없이 부하들과 함께 아무 말 없이 텐트 밖으로 나갔다.

그 모습을 본 쿠루미는 어깨를 으쓱였고, 쥬가사키는 한숨을 내쉬었다.

"좀 기분전환을 하고 싶군. 토키사키 쿠루미, 제3의 정령이여. 잠시 같이 산책을 하지 않겠나?"

"─뭐, 좋아요."

◇

토도는 안도의 한숨을 내쉬었다. 목숨을 잃을 거라고 생각했다. 아까 토키사키 쿠루미는 틀림없이 『진심』이었다. 호드의 규율 때문에 살생을 범하지 않았지만, 누군가가 자신을 죽이려 든다면 주저 없이 그 상대의 숨통을 끊을 것이다.

자신들이 살아남은 이유는 그녀가 방심을 하고 있었으며, 또한 실력 차이가 극명하게 났기 때문이다.

"소위님…… 아니, 대장님……."

"우리는 실패했어. 이제 어떻게 할 수 없어."

반란군에 들어갈 수는 없을 것이다. 게다가 **전투에서 크게 도움이 되었을** 토키사키 쿠루미와 적대관계를 맺게 된 것은 통한의 실수다.

"……하지만 아직 기회는 남아 있어. 다시 바다를 건너자.

전쟁이 시작되면 분명 **그녀를 죽일 기회가** 올 거야."

그 누구에게 비난을 당해도 상관없다.

자신들 또한 호드를 좋아한다. 이렇게 평화로운 영역을 어지럽힐 생각은 없다. 하지만, 지금은 상황이 최악이다. 퀸이라는 존재가 나타났고, 수많은 엠프티들 또한 신뢰할 수 없게 되어가고 있는 것이다.

"……반드시, 반오인 카레하를 해치우자. 그 **타락하려 하는** 배신자의 숨통을 끊어버리는 거야……!"

◇

—옛날에는 훨씬 시시한 다툼을 벌였다.

쥬가사키는 가라앉은 목소리로 중얼거렸다. 이 영역은 원래부터 바다를 통해 둘로 나뉘어 있었지만, 대결 방식은 달리기나 술래잡기 같은 시시한 것이었다고 한다.

공부였던 적도 있고, 많이 먹기 대결 같은 것을 한 적도 있다.

그저…… 서서히, 서서히 과격해진 것이다.

말쿠트에서 도망쳐서 이곳에 온 준정령들이, 말쿠트의 가치관을 이곳에 가져오기도 했다.

예소드처럼, 아이돌로서의 인기가 절대적인 기준이라면, 애초에 가치관이 다르다 여기며 포기했을 것이다. 하지만 말쿠트와 호드의 가치관은 비슷했다.

……그래서, 다툼은 점점 과격해졌다.

부상자도 많아졌고, 사라진 자들도 적지 않았다. 패배를 인정하지 못해 엠프티가 되어버린 자도 있었다.

바로 그럴 때였다.

반오인 카레하가 물총을 이용한 건전한 전쟁놀이라는 룰을 적용시켰다.

그 대신, 카레하는 호드의 정점에 섰다. 그 후로 몇 번이나 싸움을 벌였지만, 반오인의 아성은 무너지지 않았다.

"여기까지가 바로 나와 증오스러운 반오인의 역사야."

쿠루미는 자신의 옆에서 걷고 있는 쥬가사키를 쳐다보았다. 증오스러운, 이라는 말을 하면서도 그녀는 왠지 즐거워 보이는 표정을 짓고 있었다.

그래서 쿠루미는 주저 없이 그 점을 지적했다.

"증오스러운, 이라는 표현을 쓴 것치고는 꽤나 즐거운 듯이 이야기를 하는군요."

"흐, 흥! 신경 꺼!"

"……반오인 양과는 사이가 좋으신가 봐요?"

그 말을 언급한 순간, 쥬가사키의 표정이 극적으로 변했다.

"사이 안 좋거든~?! 증오스러운 적이거든~?! 진짜 마음에 안 들어! 저질! 최악! 졸부 티 팍팍 나는 편협한 애! 나한테 인사도 안 하더라니깐! 아, 젠장. 쓸데없이 떠올렸더니 열 받아 죽겠네!"

쥬가사키는 화난 것처럼 거칠게 발걸음을 옮겼다.

쿠루미는 그 모습을 보며 아차 했다.

—어머, 제가 혹시 지뢰를 밟은 건가요?

"그 녀석, 요즘 들어서는 전쟁 때 얼굴도 비추지 않아! 진짜 대충대충이라니깐! 이쪽은 이렇게 열심히 하는데 말이야! 젠장, 점점 더 열 받네~!"

쿠루미의 생각은 정답이었다.

"지, 진정하세요. 카레하 양에게도 뭔가 생각이 있으셔서 그러는 걸 테니까요……."

확실히 반오인 카레하에게는 미심쩍은 구석이 많았다.

하지만 쿠루미의 생각에는 어마어마한 흉계를 꾸미고 있지는 않을 것 같았다. 적어도 예소드에서 만났던 모모조노 마유카처럼 음흉한 구석은 없는 것 같았고, 퀸처럼 잔혹한 것 같지도 않았다.

약간 말투가 이상하고, 좀처럼 속내를 드러내지 않는 준정령.

물론 비밀이 있을 것이다. 마음속에 무언가를 품고 있으리라. 하지만 그것은 쿠루미와 아무 상관없는 일에 지나지 않는다.

하지만, 쥬가사키에게 있어서는 그렇지 않은 것 같았다.

"너도 그래! 왜 그딴 녀석을 감싸는 거지?! 동료라서 그런 거냐?!"

그리고 갑자기 쿠루미를 향해 불같이 화를 냈다.

"그러니까, 아까도 이야기했다시피 저는 식객—."

"맞아! 그러고 보니 너는 적이네! 왜 이런 곳에 있는 거야?!"

"아까 설명드렸잖아요!? 일부러 바다를 건너서 당신의 부하들을 건네주러 온 거예요! 제가 직접 말이에요!"

"그럼 너도 당연히 적이네! 전쟁에 참가할 거지?!"

"그건—."

쿠루미는 이 절묘한 타이밍에 히고로모 히비키를 떠올렸다. 자기가 그렇게 걱정을 했는데, 병사들과 즐겁게 노닥거리고 있는 히비키를 향한 분노가 다시 타올랐다……!

"예, 참가할 거랍니다! 즉, 저는 당신들의 적이죠!"

"좋다! 그럼 반오인 카레하와 마찬가지로— 네 목에도 현상금을 걸겠어!"

"제가 현상범이 되는 건가요……?!"

훗, 하고 미소를 지은 쥬가사키는 종이 한 장을 보여줬다. 옅은 갈색을 띤 그 종이에 쿠루미의 얼굴이 떠오르더니, 그 밑에는 숫자가 새겨졌다. 마치 서부극에 나오는 수배서 같았다.

쥬가사키는 그 종이를 보여주면서 외쳤다.

"기뻐해라. 네 목에 붙은 현상금은 카레하 녀석과 동일하다!"

"……저기, 말이죠. 이 ALIVE OR ALIVE는 뭐죠? 보통 은 DEAD OR ALIVE 아닌가요?"

"아니, 그러니까 죽이면 안 되거든."

"하아……."

왠지 김이 새지만, 일단 자신이 당하면 안 된다는 인식 정 도는 지니고 있기로 했다.

"그럼 저는 이만 돌아가도록 하죠."

"가는 거야? 만나고 싶은 사람인가, 찾는 사람이 여기에 있는 거 아니었어?"

"……아뇨. **없군요. 만약 있더라도, 지금 매우 즐거운 시간 을 보내고 있는 것 같아서 방해하기가 좀 그렇군요.**"

"으, 음. ……여기는 호드니까, 호들갑은 떨지 마."

쿠루미는 주저 없이 쥬가사키의 두 볼을 잡아당겼다.

뭐하는 거야
"머아는 꼬야!"

"죄송하군요. 재미없는 농담을 들으면 아무 말 없이 이렇 게 해주는 게 좋을 것 같아서……."

그 후, 쿠루미는 다시 바다를 건너서 반오인성으로 귀환 했다.

"……으음."

『히비키 소령님, 왜 그러시오?』

"아, 그게요. 왠지 온몸에 소름이 돋은 것 같은 느낌이 들어서요."

『감기에 걸린 것이오?』

"태어나서 지금까지 감기 같은 것에 걸린 적이 없는데 말이죠…….'

『그럼 불길한 느낌이 든 것일 거외다. 쿠루미 공께서 이렇게 노닥거리고 있는 우리를 목격한 걸지도 모르지요.』(정답)

"우와~, 완전 최악!"

『물론 저희도 나름 고생하고 있지만, 지금 상황만 본다면 분노를 터뜨리고도 남을 것이올소이다.』

"아하핫~! 하지만 쿠루미 씨는 반오인 쪽에 있는 것 같으니까요. 이 싸움이 끝나면 만나러 가죠!"

『……왠지 사망 플래그 같소이다…….』

스페이드가 낮은 목소리로 그렇게 중얼거렸다.

—전쟁을 시작할 시간이 되었다.

당초에 반오인 측은 통상적인 요격 매뉴얼에 따라 반오인 비치에서 요격을 할 예정이었다.

하지만 성에 머물던 식객이 『그녀』가 있으니 틀림없이 철조망을 돌파할 거라고 주장했다.

반오인 측은 반신반의하면서도 그 의견을 채용했고, 그 식객 또한 요격 멤버로서 요새에 배치됐다.

　이미 선전포고는 이뤄졌으며, 습격은 훈련이 완전히 종료된 후부터 사흘 이내에 이뤄질 것이라 반오인 측은 추측했다.

　한편, 히고로모 히비키 소령은 선전포고를 이미 했으니 문제가 없을 거라면서 대담하게도 훈련 종료 전날 새벽에 기습을 펼치자고 주장했다.

　"좀 비겁한 거 아냐?"

　그렇게 투덜거리는 쥬가사키를 설득한 결과, 갑작스럽게 훈련 종료 전날 기습 계획이 세워졌다.

　"―뭐, 그 애라면 그 정도는 하고도 남죠."

　그리고, 반오인 측의 식객 또한 그렇게 생각하면서 〈자프키엘〉을 물총 버전으로 개조하고 있었다. 한밤중의 모래사장은 조용했으며, 아무 생각 없이 손을 놀리기에는 딱 좋은 장소였다.

　"쿠루미 님."

　바로 그때, 사가쿠레 유이가 홀연히 모습을 드러냈다.

　"어머나. 으음, 당신은 분명……."

　쿠루미는 의아하다는 듯이 눈을 가늘게 떴다. 눈에 익은 얼굴이었다. 그러다 이내 말쿠트에서 벌어졌던 데스 게임에 참가했던 준정령이라는 사실을 떠올렸다. ……하지만 쿠루미는 그 생각을 부정했다. 그녀는 분명 그때 목숨을 잃었던 것이다.

"사가쿠레 유이, 라고 합니다."

"……당신, 말쿠트에서 목숨을 잃지 않았나요?"

"여러 가지 사정이 있습니다."

유이는 그 말만으로 설명을 마칠 생각인 것 같았다. 그녀는 더 이상 할 말이 없다는 듯이 커다란 종이를 건넸다.

"이것이 수영복 설계도입니다. 이걸 따라 영장을 개조하면 아무 문제가 없을 겁니다."

"고마워요."

예소드에서 입었던 운동복 타입의 간이 영장과 다르게, 이번에는 영장을 베이스로 해서 수영복을 상상했다.^{만들었다}

색깔은 당연히 빨간색과 검은색으로 이루어졌으며, 천박해 보이지 않으면서도 노출도는 높게 만들었다.

가능하면 **그 사람**이 보고 부끄러워하며 고개를 돌릴 만한 이미지로 꾸며봤다. 「바보야, 지나치잖아!」라고 태클을 날리지는 않을 정도로 말이다.

……그 균형을 잡는 게 어렵다. 너무 청초하면 인상에 남지 않고, 지나치게 천박하면 시선을 사로잡을 수 없는 것이다.

"—쿠루미 님. 정말로 내일 아침에 기습을 해올 거라고 생각합니까?"

"예? 아, 글쎄요……. 단정을 지을 수는 없지만…… 6할 정도는 될 것 같군요."

오랫동안 함께 싸워온 만큼, 쿠루미는 히비키의 생각을 얼추 읽을 수 있었다.

그리고 그녀는 자신이 반오인 측에 있다는 것은 예측했겠지만, 전투에 참가할 거라고는 생각하지 못할 것이다.

"쿠루미 씨는 귀찮은 걸 싫어하니까, 자신에게 튄 불똥을 털어내기는 하겠지만 의욕적으로 전투에 참가하지는 않을 거예요~!"

그렇게 단언하는 모습이 눈앞에 어른거렸다.

뭐, 그건 확실히 맞는 말이다. 만일 싸우게 되더라도 대충 어울려주다 져 줘도 될 정도다.

하지만…….

"후후, 후후후후후. 저도 제가 이렇게 의욕적으로 참가할 줄은 몰랐답니다."

유감스럽게도, 토키사키 쿠루미는 전력을 다해 싸우기로 결심했다.

마음속에 존재하는 영문 모를 응어리를 떨쳐버리기 위해서는 그 방법밖에 없다고 생각했다. 그리고, 오랜만에 히비키가 엉엉 우는 모습도 보고 싶다.

"……비틀릴 대로 비틀린 애정행위……."

유이는 낮은 목소리로 그렇게 중얼거렸다.

"애정행위가 아니라, 벌을 주는 거랍니다."

"뭐, 아무래도 상관없습니다. 쿠루미 님께서 참가하신다면, 이번에도 반오인 측의 승리로 끝나겠군요······."

"그런데 유이 양. 카레하 양이 이야기하고 싶어 하지 않아서 그러는데, 영역회의 당시의 상세한 기록 같은 건 없나요?"

"아, 영역회의는 기록이 되지 않으며, 저희도 회의 내용까지는 알 수 없습니다. 하지만, 회의 결과는 카레하 님과 미즈하 님께 들었죠."

"퀸이 나타났다, 고 들었는데 말이죠."

"예. 그 과정에서 엠프티들이 은밀히 퀸을 위한 공작을 벌이고 있다는 의혹이 발생했습니다. 그래서 대부분의 영역에서 엠프티들이 감금 혹은 추방되었다고 들었죠. 예소드와 말쿠트는 그냥 방치해두고 있는 것 같지만요······."

"······골치 아픈 문제군요······. 엠프티들은 어쩌고 있죠?"

"그녀들은 빈껍데기라 미간을 찌푸리기만 할 뿐이죠. 기본적으로는 순순히 그 뜻에 따르고 있습니다."

"제가 비나에서 만난 엠프티들이 비정상적인 거군요······."

"그리고 티파레트는 네차흐로 이어지는 문 이외에는 전부 폐쇄했습니다. 쿠루미 님께서 케테르로 가기 위해서는 제7영역에서 제6영역으로, 그리고 거기서 제5영역 혹은 제4영역으로 갈 수밖에 없죠."

"여기서 게부라로는 갈 수 없나요?"

"이미 알고 계시겠지만, 호드 측은 비나와 인접해 있는 제5영역으로 이어지는 문을 완전히 차단하고 있습니다."

"……하긴, 여기를 돌파당하면 예소드까지 갈 수 있으니까요."

"카레하 님께서는 말씀하지 않으셨지만, 아마 그런 이유 때문이 아닐까 싶습니다."

"그리고 보니, 미즈하 양이 이곳에 왔다면서요?"

"예. 카레하 님께서 만나고 싶지 않다고 하셔서 별실로 안내했습니다."

"만나고 싶지 않다, 라……. 그게 무슨 소리죠? 두 사람은 자매 아닌가요?"

"예. 드문 일이지만, 그 두 사람은 친자매입니다."

반오인 카레하와 반오인 미즈하는 거의 비슷한 시기에 준정령이 되었으며, 미즈하는 언니가 있다는 사실만큼은 기억에 남아 있었다. 물론 어디까지나 그 두 사람의 주장이지만…… 그녀들은 틀림없는 자매일 거라고 대부분의 준정령들은 생각했다. 그만큼 그 두 사람은 「자매 같다」고 여겨지는 존재였다.

"하지만 모든 것을 잊은 카레하 님에게 있어서…… 미즈하 님은 동생이라 자칭할 뿐인 존재일지도 모릅니다."

사가쿠레 유이는 슬픈 어조로 그렇게 말하며 고개를 숙였다.

"모든 것을 잊은……."

쿠루미가 고개를 갸웃거리자, 유이가 덧붙였다.

"준정령은 많은 기억을 잃으니까요……."

오랫동안(얼마나 긴 세월 동안 여기서 지냈는지는 알 수 없지만) 쌓아온 경험을 통해, 준정령들이 기본적으로 건너편 세계에서 이쪽으로 왔다는 것은 판명됐다.

그리고 개체에 따라 보유하고 있는 기억의 양이 다르며, 아무것도 기억하지 못하는 자도 있는가 하면 상당한 양의 기억을 지닌 자도 있다.

반오인 미즈하는 카레하가 언니라는 사실을 기억하고 있지만, 다른 기억은 대부분 잃었다.

카레하는 아무것도 기억하지 못한다고 한다.

이곳에 흘러들어 왔을 때부터 두 사람은 함께 행동했다고 한다. 하지만 카레하가 호드의 도미니언이 된 후로, 미즈하와의 교류를 중단했다고 한다.

친동생을, 마치 내치듯이 말이다.

다행히 미즈하는 곧 천직— 아이돌이란 재능에 눈떠 예소드의 도미니언이 되었지만 말이다.

"흐음, 이상하군요. 보통 그런 취급을 당한다면 화를 내거나 비탄에 빠져야 하지 않나요?"

누구든 버림을 받는다면, 절망에 빠지거나 분노에 사로잡힐 것이다.

그리고 미즈하는 분노를 원동력으로 삼는 타입이 아니다.

"……글쎄요. 그건 저도 잘 모르겠습니다."

유이는 씁쓸한 표정을 지었다.

쿠루미는 수영복을 만들면서 반오인 미즈하를 떠올렸다.

뭐, 확실히 남에게 의존하려는 경향이 강한 소녀이기는 했다. 그리고 키라리 리네무가 그 역할을 맡아주고 있는 것이다. 또한 도미니언이 되어 쌓은 경험이 미즈하를 강하게 만들어주었으리라.

"혹시 시간이 나시면 미즈하 님도 만나봐 주셨으면 합니다만……."

"생각해보죠."

뭐, 그 자매의 사이가 좋든 나쁘든 쿠루미와는 상관없다.

쿠루미는 그것보다 히비키를 어떻게 놀래줄 것인지만 생각했다.

○ 인계의 묵시록

헬로~ 헬로~.

……저는 히고로모 히비키 소령이에요. 소대, 중대, 그 위의 대대의 대장을 맡는 바로 그 소령 말이에요. 훈련 종료 전날 새벽에 기습을 감행해서 철조망을 최대한 빠르게, 그리고 최소한의 희생만을 치르며 돌파한 후, 단숨에 요새를 함락시킬 생각이었죠.

하지만 아무래도 이 생각은 읽힌 것 같아요. 하지만 지난번보다 훨씬 손쉽게 철조망까지 도착한 덕분인지, 다른 이들이 더욱 존경심이 어린 눈으로 저를 쳐다보네요.

『자, 돌격하시오!』

누군가가 진군의 나팔을 불었어요.

"전원, 돌격—!"

전원이 라이플을 들고 요새에 침입했죠. 그리고— 마주치고 만 거예요.

"어머, 어머. 이런 우연도 다 있군요?"

도깨비와…….

악마와…….

아니, 신과…….

솔직하게 말하자면, 토키사키 쿠루미와 마주치고 만 거예요.

……물론 이런 사태가 벌어질 가능성을 전혀 예상하지 못한 것은 아니다. 반란군에 없는 것을 보면, 쿠루미는 틀림없이 반오인 측에 속해 있을 테니 말이다.

하지만 그녀는 귀찮은 것을 싫어한다.

두 세력의 어이없는 싸움 따위에는 관심을 보이지 않을 터……라고 히비키는 생각하고 있었다.

"어머나, 히고로모 히비키 **소령님**. 출세하셨군요. 저도 참 기뻐요. 예소드에서는 S랭크 프로듀서, 이곳에서는 소령. 히비키 양의 재능을 제가 얕잡아본 걸지도 모르겠군요~."

큰일났다. 완전히 뚜껑이 열린 것 같다.

만면에 미소를 짓고 있는 쿠루미의 등 뒤에서 분노의 아우라가 피어오르고 있는 듯한 착각마저 들 정도로, 그녀는 화가 나 있었다.

살의가 아니라 분노라는 점 또한 무시무시했다. 살의였다면 「나, 이제 죽었다」 정도로 끝이지만, 저렇게 화가 난 것을 보면 쿠루미가 어떤 벌을 내릴지 짐작조차 되지 않았다.

"그래서 이참에 저도 전력을 다해보기로 마음먹었답니다."

쿠루미가 두 손에 쥔 〈자프키엘〉은 평소와 약간 형태가 달랐다. 총 자체는 여전히 고풍스러운 디자인이지만, 끝부분에 노란색을 띤 펌프 같은 것이 볼품없게 달려 있었다.

"디자인은 마음에 들지 않지만, 이게 어디까지나 오락이

자 장난감이라는 것을 증명해주고 있는 것 같군요."

그녀는 그렇게 말하면서 단총의 방아쇠를 당겼다.

"어엇?!"

히비키의 옆에 있던 준정령의 헬멧에 달린 과녁이 그대로 찢어졌다. 〈자프키엘〉도 다른 무기와 마찬가지로 그림자 탄환이 아니라 물을 쏘게 개조된 것 같았다.

그러고 보니 쿠루미 또한 몸에 과녁을 달고 있었다. 조금 귀여웠다.

하지만 그것보다 문제가 하나 있었다.

"저기, 쿠루미 씨!"

히비키는 일단 손을 들고 외쳤다.

"히비키 양, 무슨 일이죠?"

"수영복, 엄청 잘 어울려요!"

"예, 고마워요. 방금 그 말을 유언으로 받아들여도 되겠죠?"

쿠루미는 빙긋 웃었다.

히비키 또한 빙긋 웃었다.

그리고 그녀는 심호흡을 한 후, 힘껏 외쳤다.

"전원 후퇴~~~~~~~! 저기 있는 건 자의식을 지닌 폭탄이에요! 게다가 무한히 폭발한다고요!"

"우후후후후. 매우 적절한 지시군요. 그럼 히비키 소령님. 이제부터 열심히 쫓아다니도록 하죠!"

"끄아~! 시추에이션적으로는 로미오와 줄리엣인데, 로미오가 줄리엣을 죽이려고 해~~~!"

"대체 누가 줄리엣이라는 거죠?"

쿠루미가 움직이기 시작했다. 그리고 자신과 맞서 싸우기 위해 총을 치켜든 병사부터 차례차례 해치웠다.

과녁이 찢긴 병사는 백기를 들면서 자동적으로 쓰러졌다.

그러면 이번 전쟁에서 『사망자』로 여겨지며, 그 후로는 전투에 참가할 수 없다.

『우와~, 쿠루미 님을 적으로 돌리는 건 정말 무시무시하기 그지없소이다!』

면적이 넓어서 총에 맞기 쉬울 뿐만 아니라 남들 눈에도 잘 띄는 스페이드는 필사적으로 도망다녔다.

"우엥~! 나는 불행해, 불행해, 이 세상에서 가장 불행해~~!"

그리고 쿠루미에게 표적이 된 히비키는 울먹거리면서 자신을 향해 접근하는 반오인 측의 병사를 향해 무명천사를 발동시켰다.

"앗!"

무명천사 중에는 비살상 타입도 많으며, 히고로모 히비키의 무명천사 또한 그런 카테고리에 속한다. 그녀의 힘은 바로 〈왕위찬탈〉— 대상자와 자신의 모습을 뒤바꾸는 이단적인 능력이다.

쿠루미가 〈자프키엘〉로 쏜 물줄기가 순간적으로 히고로모 히비키로 변한 반오인 측 병사의 과녁을 꿰뚫었다.

"앗, 〈킹 킬링〉을 쓰다니, 비겁해요!"

"으앙~! 비겁한 짓을 해서라도 살아남고 말겠어어어어!"

히비키는 울음을 터뜨리면서도 반오인 측의 병사와 계속 모습을 바꾸며 혼란을 일으켰다. 그리고 퇴각전을 염두에 두고 있는 건지, 아군 병사들 또한 감싸고 있었다.

토키사키 쿠루미는 그 점이 마음에 들지 않았다.

"거~기~서~요~! 이잇, 제 고생을 정말 몰라주는군요!"

"죄, 죄송해요! 무엇 때문에 화가 난 건지는 모르겠지만, 아무튼 죄송해요!"

"진심이 어려 있지 않은 사과 따위는 받고 싶지 않거든요?!"

"죄~송~해~요~! ……라고 말하면서, 한 번 더 〈킹 킬링〉!"

『보트가 준비됐소이다!』

스페이드의 외침에 히비키는 자신을 제외한 전원이 후퇴한 것을 확인했다.

"좋아요! 보트를 타고 퇴각!"

히비키는 점프를 한 후, 머리를 힘차게 오른쪽으로 흔들었다. 아나나 다를까, 등 뒤에서 〈자프키엘〉의 물 탄환이 날아왔다.

히비키가 그것을 종이 한 장 차이로 피하자, 쿠루미는 혀를 찼다.

"거기 서요!"

"죽을 것 같으니까 싫어요!"

"죽이지는 않을 거예요! 죽는 편이 낫다는 생각이 드는 정도라면 어떤가요?!"

"싫어요~~~!"

『톰과 제리 같은 관계 같구려~. 문제는 고양이인 톰이 압도적으로 강하다는 점 같소이다.』

스페이드는 구구절절한 목소리로 그렇게 중얼거렸다.

그래서야 그냥 고양이와 쥐 관계가 아닐까, 라고 히비키는 생각했다.

"……총탄이 닿지 않는군요. 좋아요. 빨리 도망이나 치세요. 이번 전쟁은 저 혼자서 정리해버리겠어요!"

"두, 두고 봐요~! 전쟁은 이제 막 시작되었다고요!"

히비키를 태운 보트를 포함해, 전군이 퇴각했다. 그 후에 남겨진 것은 과녁이 찢겨져 「저는 죽었습니다」 하고 백기를 들고 있는 준정령들뿐이었다.

"저어어얼대 안 봐줄 거예요오오오오오오오!"

원망으로 가득 찬 쿠루미의 목소리가 히비키의 등에 꽂혔다.

◇

"진 거냐~~~~~!"

쥬가사키가 고함을 질렀다. 히비키는 바닥에 넙죽 엎드리고 쥬가사키를 비롯해 이 자리에 있는 이들 전원에게 사죄

했다.

"죄송해요, 죄송해요! 쿠루미 씨가 전력을 다해 저희와 적대할 줄은 몰랐어요! 제 계산이 완전히 빗나갔어요! 다들 미안해!"

『아니, 뭐……. 이기는 건 무리이올소이다. 태풍과 회오리와 화염 선풍과 눈보라와 눈사태와 상어가 합체해서 밀려드는 것과 다름없으니까 말이오.』

스페이드가 그런 히비키를 달래려는 듯이 그렇게 말했다.

"그 정도로……."

이 자리에 있는 이들 중, 쿠루미가 얼마나 무시무시한 존재인지 아는 이는 히키비와 스페이드뿐이다. 그렇기에 그 중얼거림은 설득력을 지니고 있었다.

"히비키 소령님, 고개를 드세요!"

"괜찮아요! 우리 부대의 소모율은 2할에 불과해요!"

"으으. 2할…… 여덟 명이 사망했구나."

_{백기를 들었구나}

쥬가사키가 그렇게 중얼거리자, 히비키는 고개를 끄덕였다. 쿠루미가 얼마나 강한지 두 눈으로 직접 목격한 병사들 또한 덩달아 고개를 끄덕였다.

『재해나 다름없는 존재이올시다~.』

"그렇군……. 괜히 현상금을 걸어서 자극한 걸지도 모르겠어."

"하아……. 그런데 왜 그렇게 뚜껑이 열린 거지?"

히비키가 고개를 갸웃거리며 그렇게 말하자, 스페이드는 낮은 목소리로 중얼거렸다.

『그야, 뭐……. 걱정하던 친구가 자기는 까맣게 잊고 놀아 재꼈으니 열 받는 것도 당연하지 않겠소이까.』

히비키는 그 말을 듣고 고개를 갸웃거렸다.

하지만 그 말의 의미가 서서히 이해되기 시작한 건지, 히비키의 얼굴이 점점 빨개졌다.

"그, 그 말은, 쿠루미 씨가, 혹시, 이런 꽁지 내린 개에, 전투에 전혀 도움이 안 되는 데다 땅바닥을 기어다니는 게 더 어울릴 법한 졸개 중의 졸개인 히고로모 히비키를 걱정했다, 는 뜻인가요?!"

『그렇게 한심한 수준은 아니지 않소이까?!』

히비키가 「꺄아~」 하고 괴성을 지르며 쓰러지자, 주위에 있던 병사들이 허둥지둥 그녀를 부축했다.

"으, 으음……. 이번에도 질 것 같은 예감만 드는걸……."

쥬가사키는 아쉬운 듯이 그렇게 말했다. 스페이드 또한 고개를 끄덕였다.

"……아, 아뇨. 쿠루미 씨가 적 측에 있다면, 그걸 감안해 대책을 짜보죠……."

그에 환희에 젖어 쓰러졌던 히비키가 두 발을 바동대면서 그렇게 말했다.

"이길 수 있겠나?"

"쿠루미 씨는 어디까지나 저 개인에게 화가 난 것 같으니까요. 그렇다면 어떻게든! 될! 지도! 몰라요! 그러니—."

히비키는 한 차례 심호흡을 한 후—.

"토키사키 쿠루미, 대책회의를 시작하겠어요!"

—라고 외쳤다.

◇

"어머, 어머, 어머. 화가 많이 난 것 같습니대이."

"아~뇨~, 전~혀~, 화~ 안~ 났~어~요~."

쿠루미는 다다미에 벌러덩 드러누우며 맥 빠진 어조로 그렇게 말했다. 카레하가 그런 그녀를 보고 웃음을 흘렸다.

"유이한테서 들었는데, 당신 동료가 반란군에 속해 있는 거지예?"

"반란군에 속해 있기만 한 게 아니랍니다. 적극적으로 관여하고 있더군요. 그리고 소령으로 승진했어요."

"어머나. 높으신 양반이네예."

카레하는 놀랐다는 듯이 손으로 입을 가렸다.

"맞아요~, 저도 깜짝 놀랐어요~."

"……친구인 겁니꺼?"

"……."

쿠루미는 그 말을 듣고 침묵에 잠겼다. 애초에, 아마, 틀림없겠지만, 자신에게는 친구라 부를 만한 인간이 단 한 명도 존재하지 않을 거라 생각한다. 있었더라도, **지금은 존재하지 않는**다.

그런 존재가 허락될 만큼 물러터진 인생을 살아오지 않은 것이다. 하지만, 이 인계에서도 그렇게 고고한 존재인 것은 아니다.

그것도 그럴 것이, 쿠루미는 쫓기고 있지 않은 것이다. 세계를 적으로 돌리지도 않았으며, 악의를 감내해야만 하는 상황도 아니다.

게다가, 히고로모 히비키가 따라오는 것을 허락한 사람은 다름아닌 쿠루미 자신이다.

그렇게 생각하자…….

"어머, 어머. 히비키 양은 저의 친구였군요."

겨우 그런 결론에 도달했다. 카레하는 또다시 웃음을 흘렸다.

"당신은 참 재미있는 사람입니대이. 이제야 그걸 눈치챈 겁니꺼?"

"눈치를 못 챈 건 아니라고나 할까요……."

그녀를 마이 프렌드라고 부른 적이 한 번 있지만, 그건 호러 방으로 보내기 위한 구실이었으며, 히비키 또한 「꼭 이럴 때만 친구 대접을 해주는 거예요?!」라고 태클을 날렸던 것을 쿠루미는 떠올렸다.

이제 와서 사악한 미소를 머금으며 「그녀는 제가 이용하는 장기말에 불과해요」라고 말해봤자 설득력이 없을 것이다.

"뭐, 친구가 맞답니다. 예, 그렇죠……. 어머나, 그래서 저는 화가 났던 걸까요?"

"그런 건 아무래도 상관없지만, 엇갈리지 않도록 주의하이소. 돌이킬 수 없게 될지도 모릅니대이."

"왠지 실감이 어려 있는 것 같군요."

"그렇습니꺼~?"

카레하는 웃음을 흘렸다. 바로 그때, 쿠루미의 입에서 불쑥 이런 말이 튀어나왔다. 딱히 추리를 한 것은 아니다. 그저 두 사람과 대화를 나누며 받은 느낌으로 볼 때, **왠지** 그럴 것 같다는 느낌을 받았다.

"당신의 친구는 혹시 쥬가사키 양인가요?"

카레하는 눈을 동그랗게 뜨고 침묵에 잠겼다.

아무래도 정곡을 찌른 것 같았다. 카레하는 고개를 숙이며 입가의 미소를 지웠다. 그리고 대답을 피하려는 것처럼 따뜻한 차를 홀짝였다.

"글쎄예……."

"제가 이런 말을 하는 것도 좀 그렇지만, 엇갈리고 있는 건 당신들 아닌가요?"

"……남의 일에 신경 끄이소."

"좀 흥미가 생기는군요. 어떻게 된 건가요? 저는 외부인이니, 약속을 지키겠어요."

"……신용이 안 됩니대이."

"자충수를 뒀군요. 방금 그 말을 입에 담은 순간, 『자신은 쥬가사키 레츠미와 관계가 있다』라고 자백한 것과 다름없답니다."

"으음."

"반란군의 리더와 과거에 교류가 있었다는 건 상당한 스캔들이 아닐까요?"

"교류가 있었다고는 말한 적 없습니대이. 그저……."

카레하는 입을 다물었다.

그리고 주위를 둘러본 후, 머뭇거리면서 입을 열었다.

"……아무한테도 말 안 할 거지예?"

"말 안 해요. 저의 천사인 〈자프키엘〉을 걸고 맹세하죠."

쿠루미의 방금 그 말이 작게나마 카레하의 가슴을 울린 것 같았다.

그녀는 휴우 하고 한숨을 내쉬었다.

"그럼 저의 옛날이야기를 좀 들어주이소."

그렇게 반오인 카레하는 사투리가 섞인 어조로 이야기를 시작했다―.

……호드는 예소드만큼 평화롭지도 않고, 말쿠트처럼 거친 곳도 아니다. 적어도 말쿠트의 준정령에게 호드는 도피처

에 지나지 않았다.

예소드처럼 물리법칙에 버금갈 정도로 아이돌이라는 가치관이 정착되어 있는 곳은 말쿠트의 준정령도 건드릴 수가 없다.

그곳에서 힘이 전부라고 주장하며 날뛰어봤자, 아이돌들의 성원이, 노랫소리가, 그녀들의 가치관을 송두리째 뒤흔들 뿐인 것이다.

그에 비해 호드는 불안정하지만, 말쿠트처럼 지나치게 살벌하지도 않다.

어중간한 영역, 이라고 할 수 있을지도 모른다. 이곳에 존재하는 건 바람과, 여름과, 바다와, 하늘뿐이다.

반오인 카레하는 호드를 지배하기로 마음먹었다.

"뭐, 네 실력이라면 어찌어찌 가능하겠지."

최고참 준정령인 카가리케 하라카는 그렇게 말했다. 카레하는 말쿠트에서 흘러들어온 준정령들을 통솔했고, 법을 만들었으며, 거역하는 자들에게는 패배를 안겨줬다.

하지만, 해치우지는 않았다. 말쿠트처럼 패배한 자의 죽음을 용인하지 않았으며, 오히려 그들을 보호했다.

그리고 여동생인 미즈하는 아무것도 모르면서도 자신이 할 수 있는 일을 했다. 그녀들의 상처를 보듬어주고, 치유해주기 위해 노래를 부르기도 했다.

동료가 생겼다.

점점 동료가 늘어나더니, 카레하를 뒤따르는 자가 늘었다.

말쿠트에서 오는 자가 줄자, 호드에 평화가 찾아왔다. ─ 그 순간, 엠프티가 되는 동료들이 늘었다.

그 때문에 카레하가 골머리를 썩이고 있을 때, 한 소녀가 나타나 이렇게 외쳤다.

"반오인 카레하! 나와 승부하자!"

그녀가 바로 쥬가사키 레츠미……라고 후일 불리게 되는 소녀였다. 그리고, 당시에는 엠프티였던 소녀였다.

"엠프티, 였나요?"

쿠루미가 물었다. 카레하는 그 시절을 그리워하듯 눈을 가늘게 떴다.

"말쿠트에서 자근자근 짓밟혀서 죽기 직전에 호드로 왔다 고 했습니대이. 지금의 그 눈부신 금발도 당시에는 8할 가량이 백발이었지예."

엠프티가 된 준정령에게 찾아오는 나태와 권태감. 점점 깎여 나가는 기력, 꿈, 희망.

그것들을 뒤엎을 만큼, 강렬한 외침이었다.

그리고 반오인 카레하는 전혀 봐주지 않았다. 무명천사인 부채로 그녀를 완전히 박살냈다.

다음날, 그녀는 아무 일도 없었다는 듯이 또 도전했다.

이번에는 카레하가 아니라, 카레하의 부하가 그녀를 상대했다. 그녀는 또 졌지만, 어제보다 명백하게 강해졌다.

지고, 지고, 지고, 이기고, 이기고, 이기고, 또 이겼다.

쥬가사키가 이기는 횟수가 점점 늘어나더니, 카레하 말고는 이기지 못할 정도로 강해졌으며, 게다가 카레하조차도 졌다.

도미니언인 카레하는 이제 다 끝났다고 생각했지만, 눈부신 금발을 되찾은 소녀는 씨익 웃으면서 또 승부를 하자고 말했다.

"……그걸로는 내 직성이 풀리지 않습니대이. 내한테 뭐라도 요구하이소."

소녀는 카레하의 말을 듣더니, 이렇게 말했다.

"나한테 이름을 줘!"

그래서 쥬가사키 레츠미라고 반쯤 농담 삼아 말하자, 그녀는 카레하가 놀랄 정도로 기뻐했다.

"좋네! 정말 좋아! 엄청 멋진 이름이야!"

그리고 그녀는 쥬가사키 레츠미라는 이름을 썼다. 그녀는 그 이상한 이름이 의외로 마음에 든 것 같았다.

그 후, 그녀는 카레하처럼 동료를 만들어서 승부를 걸어왔다.

질 때도 있고, 이길 때도 있었다.

하지만, 이기든 지든 질리지 않는다는 듯이 쥬가사키의 금발은 찬란히 빛났다.

영원히 가라앉지 않는 태양처럼 말이다.

"당신은 호드에 막 왔을 때는 너덜너덜했었지예."

"신경 꺼!"

어느새 그녀는 멋대로 반오인성에 눌러앉았다. 고양이처럼 굴러다니면서, 카레하의 과자를 멋대로 먹어치웠다.

"저기, 우리는 언제까지 이러고 있을 수 있을까?"

"……뭘 말입니꺼?"

"나, 또 엠프티가 되어버릴지도 모른다는 생각이 들 때마다 불안해."

"지금은 괜찮지 않습니꺼?"

"감기에 걸렸을 때나 건강의 중요성을 느끼는 것과 비슷해."

이곳은 언제나 여름이며, 기분 좋은 바람 또한 불고 있다.

"이렇게 날씨가 좋고, 경치도 끝내주는데, 왜 우리는 죽는 걸까?"

"죽는 게 아니라, 사라지는 거 아닙니꺼?"

카레하가 그렇게 말하자, 쥬가사키는 고개를 저었다.

"잘 들어, 반오인. 그건 죽음이야. 어떤 식으로 둘러대든, 그 기분 나쁜 소멸은 죽음 이외의 그 무엇도 아냐. 엠프티나 소멸 같은 말에 속지 마."

"……그럴지도 모르겠네예."

쥬가사키의 의견은 반쯤은 맞고, 반쯤은 틀렸다.

"그럼 쥬가사키 양. 이걸 봐주이소."

카레하는 빙긋 웃으면서 가발을 벗었다. 그러자 절반은 윤기 넘치는 흑발이지만, 남은 절반은 **백은색으로 빛나고 있는 머리카락**이 모습을 드러냈다.

"＿＿."

쥬가사키는 망연자실한 표정을 지은 채 그 머리카락을 쳐다보았다. 이윽고 휘청거리며 카레하에게 다가가더니, 거칠게 그녀의 백발을 움켜잡았다.

"아얏…… 아픕니대이."

"언제부터야? 언제부터 그랬어?"

쥬가사키의 눈동자는 거짓말을 용납하지 않겠다는 듯이 활활 타오르고 있었다.

"……언제부터일까예. 내도 잘 모르겠습니더."

카레하는 고개를 돌리고 약간 자포자기한 듯한 어조로 그렇게 말했다. 쥬가사키는 그런 카레하의 멱살을 잡아당겼고— 두 사람은 서로를 노려보았다.

"죽을 거야."

"안 죽습니대이."

두 사람은 잠시 동안 침묵에 잠겼다.

쥬가사키가 카레하의 멱살을 놓더니, 심호흡을 한 후에 입을 열었다.

"마지막으로 하나만 물을게. 네 소망은 뭐야? 살아있다는 충족감은 어디서 샘솟는데?"

"그거야 뻔하지 않습니꺼."

반오인 카레하는 자신만만한 미소를 지으며 말했다.

"당신과 진지하게 싸울 때입니대이—."

—자, 이걸로 끝.

카레하는 항복을 하듯 두 손을 들어 올리며 그렇게 말했다.

"……그래서, 이 전쟁놀이가 시작된 건가요?"

"그 애는 고지식하다 아입니꺼."

카레하가 웃음을 흘리자, 쿠루미는 미간을 찌푸렸다.

"뭐, 아무튼 그 애는 진짜로 내를 구하려고 열심히 싸우고 있습니더. 이기지 못하는 건 그래서일 겁니대이. 내가 지면 죽어삘지도 모른다 아닙니꺼."

카레하는 사악한 미소를 머금었다.

쥬가사키를 조종하는 게 너무 즐거워서 죽겠다는 듯한 미소였다.

선량한지 사악한지 따진다면, 그녀의 행동은 명백하게 사악했다.

"……적당히 하세요."

"당신도 이런 소리를 들으면 화를 내는 겁니꺼."

"제가 화가 난 건, 당신이 저를 무시하고 있기 때문이에요."

쿠루미는 더욱 사악한 미소를 짓더니, 원래 형태로 돌아온 〈자프키엘〉로 카레하를 겨눴다.

"—저의 〈자프키엘〉은 시간을 소비해서 특수한 힘을 발현시킬 수 있답니다. 그 하나하나는 여러분의 무명천사— 그 고유능력에 필적한다고 여겨 주세요."

"……예를 들자면, 어떤 능력이죠?"

"예를 들면— 당신의 기억을 들여다봐서 진실을 확인하는 것도 가능하답니다."

카레하는 그 말을 듣고 순간 당황했다.

"자, 아웃이에요. 방금 그 표정만으로 전부 들통 났어요. 아웃이죠. 악당인 척하고 싶으면, **좋아하는 사람도 죽일 작정으로 하세요.**"

"……그럴 수 있다면, 이렇게 고생하지는 않을 겁니더."

카레하는 하늘 저편을 바라보는 듯한 눈빛을 머금으며 말했다.

"그래서, 결국 당신이 하고 싶은 건 뭐죠?"

카레하는 망설였다. 눈앞의 소녀는 자신이 어떤 거짓말을 하더라도 진실을 폭로할 것이다.

그러니 말을 하든 말든 달라질 것이 없다.

문제는…… 그 후, 그녀가 어떤 반응을 보이며 어떤 행동을 취할 것인가. 분명, 이것은 도박이다.

"사실, 내는—."

카레하는 아련한 어조로, 누구에게도 밝히지 않았던 진실을 입에 담았다.

그 말을 들은 순간, 쿠루미의 얼굴에서 표정이 사라졌다.

"—그런 겁니대이."

"……당신, 그런 걸로 괜찮아요?"

"괜찮습니더."

카레하는 짤막하게 대답하며 쿠루미의 〈자프키엘〉에 손을 댔다. 평소 쿠루미가 질색하는 행동이지만, 그녀는 그것을 받아들였다.

카레하는 〈자프키엘〉의 총구를 자신의 미간에 댔다.

"당신에게 이야기를 한 덕분에 이런 길도 생겼습니대이. 당신이 방아쇠를 당겨준다면, 내도 편해지겠지예."

"—안 쏴요. 총알이 아까우니까요."

쿠루미는 〈자프키엘〉의 총구를 카레하에게서 뗐다. 그 행동은 쿠루미가 카레하를 해치지 않겠다는 의사를 표명한 것에 해당했다.

"그럼 어울려 주겠습니꺼?"

"……어쩔 수 없군요. 어차피 당신은 네차흐로 이어지는 문을 당분간 열 생각이 없는 거죠? 그렇다면 저는 당신이라는 존재를 가늠하는 데 시간을 할애하도록 하겠어요. 만약 저를 속인 거라면—."

쿠루미는 그렇게 중얼거리면서 눈을 가늘게 떴다. 그와 동시에 카레하의 등골을 타고 차가운 오한이 흐르더니, 직감이 위기를 알렸다.

카레하가 한 마디라도 말을 잘못하는 순간, 쿠루미는 그녀의 목숨을 앗아갈 것이다.

하지만, 그것은 카레하가 바라마지 않던 『상황』이다. 카레하는 쿠루미라는 재해를 받아들이면서, 동시에 필사적으로 살아가려 하고 있는 것이다.

"……내를 와 그래 봐주는 겁니꺼?"

"죽고 싶어 하는 자를 죽이는 취미는 없답니다. 살고 싶어 하는 자를 죽이기는 하지만 말이에요."

"그렇습니꺼."

카레하는 부드러우면서도 어딘가 초연한 미소를 지었다.

"내의 일생일대의 승부입니꺼. 아아, 무서워라."

"그럼 오늘은 두려움에 떨며 잠들도록 하세요. 내일부터는 제가 지켜드리죠."

"응? 어디 가시는 겁니꺼?"

"당신을 대신해 미즈하 양과 이야기를 나눠야 할 것 같아서 말이죠."

"……고맙습니대이."

쿠루미는 귀찮다는 듯이 손을 흔들면서 그 자리를 벗어났다.

혼자가 된다. 혼자가 됐다. 혼자 있게 해줬다.

숨을 들이마시자, 신선한 공기가 자신의 세포를 환기시키는 듯한 느낌이 들었다.

영력으로 나무 대야를 만든 후, 카레하는 그 안에 물을 받고 맨발을 담갔다.

"차갑대이."

차가운 기운이 피부에 스며들었다.

피가 얼어붙는 듯한 감각은 곧 태양의 열기에 의해 사라졌다. 그 후에 남은 건 미지근한 물과 따뜻한 피부뿐이다.

하지만, 이런 것이 삶이라고 카레하는 생각했다.

삶은 결국 미지근한 물에 몸을 담근 듯한 시간이며, 죽음이란 차가운 물에 빠져드는 것이다.

하지만, 차가운 물에 빠져드는 그 찰나의 순간에— 살아 있다는 것을 실감할 수 있다.

물론, 모든 이들이 그렇지는 않다.

그렇지만 적어도, 반오인 미즈하는 그렇게 생각하리라.

◇

쥬가사키 레츠미는 엠프티였던 시절에 느꼈던 고통을 생생히 기억하고 있다.

준정령들은 엠프티가 되는 것을 대수롭지 않게 여긴다. 괴롭지 않고, 흉측하지도 않으며, 고통조차 동반하지 않은 채 사라진다고 여긴다.

하지만 아니다. 그렇지 않다.

그것은 일종의 병이다. 손가락 하나 **움직이고 싶지 않다**고

바라고 말 정도로 무거운 권태감에 사로잡히는 것이다.

살고 싶다는 소망이 점점 썩어가는 공포가 엄습한다.

"……히고로모 중령(또 출세했다)도 그랬지?"

쥬가사키가 자신이 엠프티였던 과거를 밝히며 히비키에게 동의를 구했다. 히비키 또한 한때 엠프티였던 적이 있다. 어떤 소녀와 만나기 전까지만 해도, 히비키는 자신이 사라질 거라는 확신마저 가졌던 것이다.

"저는 그렇게 심각하지 않았을지도 모르지만…… 아니, 아니군요. 제가 더 엠프티화(化)가 진행되어 있었던 탓일지도 모르겠네요. 권태감은 고통스럽게 느껴지지만, 그 엠프티화는 그런 고통에서도 해방시켜주니까요."

"그렇구나……."

엠프티화가 심각하게 진행된 상태에서 부활한 준정령은 흔치 않다. 쥬가사키와 히비키는 그 몇 안 되는 예외 사례인 것이다.

"그럼 퀸은 어떻게 엠프티를 엠프티인 채로 조종하는 걸까……."

"그건…… 모르겠어요."

살려는 의지를 잃은 채, 스러져 가는 생명. 하지만 퀸을 접한 엠프티는 누구나 열렬한 신앙을 품게 되며, 그녀를 위해서라면 죽음마저 불사한다.

"퀸은 이 호드를 향해 마수를 뻗고 있어. 가능하다면 이 전쟁을 일단 중단하고, 이 영역의 안전 확보를 우선하고 싶지만—"

"그럴 수도 없죠."

두 사람은 동시에 한숨을 내쉬었다.

이 전쟁을 중단하면, 엠프티가 되는 준정령들이 틀림없이 늘어날 것이다.

"자, 그 일은 일단 미뤄두도록 하죠. 우선 작전부터 짜야해요."

두 사람은 그렇게 말하면서 작전지도를 노려보았다.

"쿠루미 씨는 신출귀몰해요. 하늘도 날 수 있으니까, 쏴서 격추시키는 건 힘들 거예요."

"그건 걱정할 필요 없다. 호드의 하늘은 바람이 강하게 불거든. 제대로 나는 건 어렵지. 저공비행을 한다면, 격추시키는 건 크게 어렵지 않을 거야."

"제 예상으로는, 쿠루미 씨라면 저를 쫓아올 거예요. 저만 철저하게 쫓아다닐 거라고 생각해요."

"기뻐 보이는구나, 히고로모 중령."

히비키는 좋아죽겠다는 듯이 히죽거리고 있었다. 토키사키 쿠루미가 자신에게 화가 나서 쫓아다닌다는 사실이, 그녀에게 있어 최대한의 우정표현 그 자체라는 느낌이 들었기 때문이다.

솔직히 말해, 쿠루미가 자신을 쫓아다닐 거라는 생각만

해도 가슴이 미친 듯이 두근거렸다.

"응, 알겠어! 얀데레라는 거구나!"

"그런 게 아니거든요?! 그런 정신이상자 취급하지 마세요!"

하는 짓은 영락없는 얀데레지만, 히비키는 그렇게 느끼지 않는 것 같았다.

"아무튼, 그럼 히고로모 중령이 미끼가 될 거야?"

"마음 같아서는 그러고 싶지만, 제가 미끼가 되어 봤자 10초도 못 버틸 테니까요."

"맞아~."

히비키가 잘 알고 있다시피, 뭐랄까 토키사키 쿠루미는— **말도 안 된다**고 해도 될 만큼 강하다.

이 인계에서, 퀸에게 패배를 안겨준 유일한 존재인 것이다.

히비키가 총을 들고 덤벼본들, 쿠루미는 〈자프키엘〉로 그녀의 과녁을 꿰뚫어서 그대로 사망 판정으로 만들어버릴 것이다.

"아무튼 마주치면 도망칠 수밖에 없어요. 〈킹 킬링〉을 쓰면 다른 사람을 희생양으로 삼을 수 있지만, 적이라면 몰라도 아군을 희생시키는 건 좀 그러네요."

"응. 네가 그런 짓을 할 애라면, 나는 너를 중령으로 승진시키지 않았을 거야."

"그러니 마주치면 도망칠 수밖에 없어요. 그리고, 저희가 쓸 카드는……."

『소생 정도일 것이외다. 트럼프이니까 말이오.』

불쑥 나타난 이는 바로 히비키의 부관인 스페이드 중사였다.

"으음, 스페이드 씨가 기습을 한다면…… 아뇨, 무리겠죠. 스페이드 씨를 보고 놀라는 것도 한순간에 불과할 거예요. 쿠루미 씨라면 바로 대처하겠죠."

『소생은 납작해서 눈에 띠니까 말이오…….』

"……어?"

바로 그때, 히비키는 스페이드를 다시 쳐다보았다.

"실례할게요."

『음?』

히비키는 스페이드의 어깨를 움켜잡더니, 그대로 빙글 돌렸다. 그러자 평범한 트럼프의 뒷면이 눈에 들어왔다.

『히비키 중령님~?』

"……딱 한 번이지만, 통할지도 몰라요."

사실 지금은 매우 기묘한 상황이다. 까르트 아 쥬에가 행방을 감췄는데도 불구하고, 어찌된 영문인지 스페이드는 반란군에 속해 있다.

그 모래사장에서 철조망을 통과할 때, 스페이드는 후방에 있었기 때문에 쿠루미와 마주치지 않았다.

즉, 쿠루미는 스페이드의 존재를 알지 못한다. 설령 알고 있더라도, 그녀가 이렇게까지 신뢰받고 있으리라고는 생각하지 못하리라. 쿠루미 또한 전지전능한 신은 아닌 것이다.

"……좋아요. 스페이드 중사. 쿠루미 씨를, 확 놀래 주죠."

『형님, 표정이 참 음흉하오. 하지만 재미있을 것 같소이다. 그 작전대로 해보겠소이다.』

스페이드 또한 씨익 웃었다.

○한 편, 그 무렵······.

―게부라.

주위를 가득 채운 뜨거운 열기. 활활 타오르고 있는 나무들. 지옥^{인페르노}이라 불리기에 걸맞은 영역.

그곳이 바로 인계 제5의 영역, 게부라다.

그리고 현재, 이곳에서는 호드와는 차원이 다른 『전쟁』이 벌어지고 있었다.

아니, 이것을 전쟁이라고 불러도 될까.

전쟁이라는 것은 아무리 심각할지라도 **서로가 동족**이라는 인식이 존재한다. 즉, 상대 또한 자신과 마찬가지로 인간이며, 사상과 국가와 그 외 기타 등등의 이유로, 혹은 대의명분 때문에 용납할 수 없는 서로를 죽이려 드는 행위다.

하지만, 이것은 다르다.

애초에 동족이 아니다. 광란에 빠져 달려드는 엠프티들은 인간이라는 형태를 유지하고 있지 않았다.

그렇다. **인간이 아니게 된 것이다.** 거대한 괴물, 벌레를 연상케 하는 기괴한 생물. 인간의 신체 일부를 가진 채 꿈틀거리듯 움직이는 그 모습은 악몽 그 자체였다.

죽고 싶지 않은 것이 아니라, 이렇게 되고 싶지 않다. 그것이 이 최전선에서 싸우고 있는 준정령들이 마음에 품고 있는 공통적인 견해이리라.

그녀들(성별 같은 건 없다고 해도 아닌 모습을 하고 있지만)은 비나와 이어지는 문 주위에 일종의 둥지를 틀면서 영역 침략을 시작했다.

불행 중 다행인 점은 게부라가 평범한 생활을 영위하는 것조차 어려울 정도로 난공불락인 영역이라는 것이다. 영역 가장자리에는 용암이 넘쳐흐르고 있으며, 때때로 분화마저 발생했다.

원래 이 영역에서 적이라 불릴 존재는 미쳐 날뛰는 화산이었다.

하지만 지금은 그 화산들이야말로 믿음직한 아군이라 할 수 있었다. 화산의 용암이 영역을 침략하려는 엠프티들을 쓸어버리고 있는 것이다.

물론 그것이 전부는 아니다.

게부라를 지키기 위해, 모든 영역에서 전투 타입의 준정령들이 쇄도했다. 비나와 접속이 가능한 영역은 게부라 이외에도 제2영역인 호크마, 그리고 제6영역인 티파레트가 있지만, 【하늘에 이르는 길】를 파괴해서 침략을 원천적으로 봉쇄하는 데 성공했다.

유일하게 이 게부라만은 비나로 이어지는 길을 파괴하거나 봉인하지 않았다. 그것은 도미니언인 하라카가 내린 판단이었다.

만약 모든 길을 봉인해버릴 경우, 거꾸로 쳐들어갈 수가 없다……라는 지극히 호전적인 선택을 내린 것이다.

참고로 그 판단을 내린 카가리케 하라카는 현재 자리를 비웠다. 그녀는 지금 말쿠트에서 그곳의 도미니언이 되기 위해 활동 중이다.

그에 따라 현재는 카가리케 하라카가 실력을 인정한 제자들의 합의제에 따라 전투가 치러지고 있었다. 그리고 그들의 선두에 써서 싸우는 자는 무명천사 〈천성랑(天星狼)〉과 〈극사영장 15번〉을 지녔고, 『비스킷 스매셔』라는 별명을 지닌 준정령…….

바로 창이었다.

"흐읍."

가벼운 숨소리가 들렸다. 그리고 그녀가 회전한 순간, 그녀의 눈앞에 있는 거인의 몸통이 쪼개졌다. 그리고 잘려진 몸통이 튕겨져 날아가면서, 주위에 있는 괴물들을 혼란의 소용돌이에 빠뜨렸다.

"하앗."

세로로 쪼갰다. 가로로 찢었다. 머리부터 으깨버렸다.

뭐든 비스킷처럼 간단히 부서져 나갔다. 자신의 뒤를 따르는 준정령들에게는 시선조차 주지 않았고, 뒤를 돌아보지도 않았다.

아직 멀었다는 듯이, 아직 만족 못하겠다는 듯이, 앞으로, 앞으로, 맹렬하게 진격했다. 잿빛을 띤 투박한 대지가 어지럽혀졌다.

"우와~, 우리가 선배인데 전혀 쫓아가지를 못하겠어."

창을 필사적으로 쫓아가던 준정령들 중 한 명이 한탄 섞인 어조로 그렇게 외쳤다. 그녀와 나란히 뛰고 있던 이가 고개를 끄덕였다.

"하라카 님이 백 년에 한 명 나올까 말까한 천재라고 말한 게 납득이 돼."

"그, 뭐였더라? 『삼국지』에 여포라는 사람이 나오잖아? 아마 딱 저런 느낌일 거야."

"아~, 그러고 보니 좀 중국애처럼 생기기도 했네."

두 사람은 창이 미처 처리하지 못한 졸개를 인정사정없이 파괴했다.

지네처럼 인간의 발이 몸통에 잔뜩 달려 있고, 머리가 없는 벌레 같은 괴물. 수많은 머리가 합쳐져 공중에 떠 있는 괴물. 신이 악의를 가지고 제조했다고 느껴지는, 그런 흉측한 괴물들이었다.

하지만…….

악의에 의해 제조된 괴물은, 우연에 의해 탄생한 괴물에게 남김없이 제거당했다.

"흐음."

귀를 기울이지 않으면 들리지 않을 듯한 목소리를 내며, 창은 또 열 마리 가량의 괴물을 쓸어버렸다.

창의 뒤를 따르던 두 사람은 그제야 눈치챘다.

"저기, 혹시…… 저게 저 애의 기합소리인 걸까?"

"……목소리가 거의 안 들리는 게…… 진짜로 자기는 목소리를 낸다고 생각하는 걸까……."

잠시 침묵한 후, 두 사람은 동시에 중얼거렸다.

"……귀엽네." "……귀여워."

창의 선배격인 두 사람은 전사로서가 아니라 귀여움으로 패배한 듯한 느낌을 받으며 고개를 푹 숙였다.

참고로 창은 자신이 전장 전체에 울려 퍼질 만큼 크게 고함을 지른다고 마음속으로 여기고 있었다.

"죽어어어어어어어어어어어어어어어엇!"

─이런 느낌으로, 듣기만 해도 적의 간담을 서늘하게 만드는 목소리를 낸다고 여기고 있는 것이다.

"핫."

하지만 현실에서는 이런 느낌이다. 게다가 생각 자체를 포기한 괴물들은 공포를 느끼는 것은 고사하고 그저 하염없이 공격만을 펼치고 있었다.

전투가 끝난 후, 선배들이 목소리를 지적하자 창은 얼굴을 새빨갛게 붉히면서 부끄러워했다. 그리고 너무 부끄러운 나머지, 주위의 지반을 무명천사 〈라일랍스〉로 쪼개버렸다.

"오늘은 이만 할까. 창, 수고했어~."

"수고……."

목소리를 지적받고 의기소침해졌던 창은 마음을 다잡으며 다시 기운을 냈다.

이곳은 창이 자란 영역이다. 여기서 태어났는지는 잘 모르겠지만, 이곳에서 하라카에게 전투기술을 배운 것은 틀림없다.

하지만, 정말 황폐한 고향이다. 마을에서 벗어나면 차라리 지옥이 낫다는 생각이 들 정도로 초목 하나 없는 황량한 땅이 펼쳐져 있었다. 게다가 갈라진 지면에서는 쉴 새 없이 펄펄 끓는 용암이 흘러 나왔다.

그리고 그 용암이 때때로 격렬하게 뿜어져 나오면서 주위에 있는 준정령들을 놀라게 했다.

밤낮 가리지 않고, 대지에서는 거인의 으르렁거림 같은 소리가 터져 나왔다.

그런 지옥 같은 영역이지만, 창은 이곳이 침략을 당하고 있다는 이야기를 듣자마자 분노를 느꼈다.

아무래도 창은 이런 고향에도 나름 애착을 가지고 있는 것 같았다.

……하지만, 마음에 들지 않는 점을 꼽자면…….

"토키사키 쿠루미, 없어, 짜증나."

자신을 아예 박살냈던 토키사키 쿠루미가 그 어디에도 없다는 점이다. 퀸이라는 녀석에게도 진 것 같지만, 자신도 모르는 사이에 다른 곳으로 보내진 듯한 느낌만 드는 데다 딱히 대미지를 입지도 않았다.

퀸은 자신이 귀찮아서 싸움을 피했다— 같은 인상이 들었다. 즉, 지지 않았다. 결단코, 지지 않았다.

엄밀히 따지자면 패배라고 말할 수 있을지도 모르지만, 어디까지나 자신이 진 상대는 바로 그 정령, 토키사키 쿠루미 단 한 명뿐이다.

토키사키 쿠루미 이외의 상대에게 졌다면, 자신이 한심하고 부끄럽게 느껴질 것 같았다.

창은 영장의 끝자락을 움켜쥐며 잠시 풀이 죽은 듯한 표정을 지었다.

"왜 그래?"

누군가가 그렇게 말하며 자신을 꼭 끌어안자, 창은 간지러운 듯이 그 포옹에서 벗어났다.

"아무것도 아냐."

창은 상대가 선배든 후배든 간에, 기본적으로 누구에게나 반말을 썼다.

싸움에는 선배나 후배가 없다는 것이 그녀의 지론이며, 그녀에게 이길 수 있는 준정령은 단 한 사람도 존재하지 않으니 전혀 문제될 게 없었다.

"이야~, 방금 표정은 좋았어. 마치, **사랑에 빠진 소녀 같았다니깐!**"

창은 그 말을 듣고 화들짝 놀랐다.

하지만 마음 한편으로 납득하기도 했다. 토키사키 쿠루미를 떠올릴 때마다, 가슴이 **꼬물꼬물**거리는 느낌이 들었다. 자신이 자신이 아니게 되며, 마음이 들뜨는 느낌도 들었다. 발끝부터 저려오는 듯한 느낌 또한 들었다. 토키사키 쿠루미를 죽이고 싶다는 생각마저 드는 이 감정이 바로…….

사랑, 인 걸까.

"그렇군. 이게 사랑."

좋다. 다음에 만나면 고백을 하자. 이 〈라일랍스〉를 그녀의 정수리에 꽂아주면서 말이다.

아, 하지만 그래서는 내 고백을 상대가 듣지 못할 것이다.

그렇다면 고백을 한 후에 공격을 해야 할까.

"고맙다. 참고가, 됐어."

"응? 잘은 모르겠지만, 창한테서 고맙다는 말을 들으니 기분이 좋네!"

이 준정령은 모르겠지만, 방금 그녀가 한 말 때문에 창의 목적은 꽤나 기묘한 형태로 뒤바뀌고 말았다.

살의 같은 사랑, 혹은 사랑 같은 살의…… 창은 그 둘을 동시에 마음에 품었다.

약간 핀트가 어긋났을 뿐만 아니라 이제는 한물 간 표현일지도 모르지만, 굳이 따지자면 이러할 것이다.

창은 토키사키 쿠루미를 상대로, 얀데레가 되고 말았다.

◇

─예소드.

키라리 리네무는 『준정령을 못쓰게 만드는』 부드러운 쿠션에 드러누워 있었다. 그녀는 손가락 하나도 까딱하기 싫다는 듯이 온몸을 축 늘어뜨렸다.

그런 그녀의 주위에서는 스태프들이 바쁘게 일을 하고 있었다.

키라리 리네무는 예소드의 도미니언 대리다.

원래 도미니언인 반오인 미즈하가 호드에 갔기 때문에, 그 대행으로서 그녀는 각종 정책 및 사무(그리고 아이돌 업무)를 맡게 됐다.

하지만, 그녀는 무책임함으로는 타의 추종을 불허하는 존재다.

타고난 게으름뱅이자 낙천가인 것이다. 그래서 준정령을 못쓰게 만드는 쿠션에 몸을 맡긴 채, 나태하게 시간을 보내고 있는 것이다.

"흐음~, 한가해……."

키라리 리네무는 양발을 까딱거리며 그렇게 말했다. 그러자 미즈하의 비서가 심호흡을 했다.

"스ㅇㅇㅇㅇㅇㅇㅇㅇ읍."

그리고 공수도의 호흡법을 하듯, 힘차게 숨을 토했다.

"하아아아아아아아아······!"

"잠깐만, 아까 그 심호흡이 한숨의 예비동작이었던 거야?"

"예. 진심으로 실망했다는 것을 표현하고 싶어서요."

리네무의 지적을 들은 비서가 태연자약한 표정으로 그렇게 말했다.

"시끄럽네~. 감자칩 먹은 손으로 안경에 확 지문을 남겨 버린다?"

"썩어빠진 쓰레기답게 그딴 악마적 발상은 참 잘하네요."

"도미니언한테 그런 소리를 하는 건 좀 너무하지 않아?!"

"저희에게 당신은 미즈하 님의 덤 같은 거예요. 과자 사면 딸려오는 스티커나 장난감 같은 거라고요."

리네무가 무슨 말을 하면, 비서 또한 인정사정없이 반박했다. 평소 같으면 미즈하가 머뭇거리면서 말리겠지만, 공교롭게도 그녀는 현재 출장 중이다. 그래서 비서는 인정사정없이 리네무에게 언어 폭력을 가하고 있었다.

"······그리고, 모모조노 마유카 말인데요."

"응? 그 애가 무슨 짓 했어?"

"그게, 어떤 처분을 내릴지 결정해주셨으면 하는데······. 미즈하 님은 상냥하셔서, 그녀에게 사람을 붙여서 감시만 하고 있거든요."

"그 애가 죄를 지은 건 아니잖아. 나쁜 건 루크라는 이름의 그 엠프티 아냐?"

"아니, 그 전에 키라리 리네무…… 즉, 당신을 속인 죄에 대한 처분을 내려야 하지 않을까요?"

애초에 예소드를 뒤흔들었던 소동은 모모조노 마유카가 키라리 리네무를 부추긴 데서 기인했다. 그녀는 리네무를 속여 『달의 목소리』를 손에 넣으려 했으며, 또한 미즈하에게 정신적 동요를 안겨주기 위해 리네무가 죽기를 바랐던 것이다.

스캔들, 그것도 대형 스캔들이었다.

"그런 건 죄가 아냐. 아, 그래도 잠깐만 있어봐. 모모 뭐시기 양을 이곳으로 불러줄래?"

"……만나볼 건가요?"

"당연하지."

비서는 한숨을 내쉬더니, 옆에 있던 스태프에게 지시를 내렸다.

리네무는 아쉬운 듯이 쿠션을 매만진 후, 기합을 넣으며 오랜만에 몸을 일으켰다.

"……무슨 일이야?"

모모조노 마유카는 삐쳤다는 듯이 고개를 휙 돌렸다. 아이돌로서의 활동은 이미 폐업했다. 팬은 당연히 사라졌으며, 전속 스태프도 다른 아이돌의 곁으로 넘어갔다. 잔혹할 정도로, 그녀는 이 영역에서 완전히 고립되었다.

그 점은 본인도 이해하고 있으리라.

그녀는 거의 자포자기한 심정으로 리네무와 얼굴을 마주하고 있었다.

리네무는 마유카에게 다가가더니, 그녀의 머리카락을 움켜잡았다.

"아, 이럴 줄 알았어. 너, 엠프티가 되어 가고 있어."

"거짓말……?!"

마유카는 아연실색하며 콤팩트를 꺼내 거울로 자신의 모습을 확인했다.

……백발화 현상은 일어나지 않았다. 피부도 변함없다. 속았다는 걸 안 마유카는 리네무를 노려보았다.

"미안, 미안. 방금 내가 한 말은 거짓말이지만…… 자각은 하고 있지?"

"그건……."

마유카는 고개를 돌리고 불안에 떨며 두 팔로 자신의 몸을 끌어안았다. 지금의 그녀는 도미니언은 고사하고, 아이돌조차도 아닌 것이다.

그저 필사적으로 살아남으려 발버둥친 결과, 이곳에 있다. 하지만, 그저 이곳에 있기만 할 뿐이다. 지금의 자신은 아무것도 할 수 없으며, 자신에게 무언가를 바라는 이 또한 없다.

"……나도 알아. 하지만 방법이 없단 말이야."

"그렇지 않아."

"그럼 나한테 뭘 어쩌라는 건데?! 아이돌이 아닌 나한테는 아무런 가치도, 장점도 없어!"

리네무는 고개를 갸웃거리면서 말했다.

"너한테는 엄청난 장점이 있거든?"

"—뭐?"

마유카는 얼이 나간 표정으로 리네무를 쳐다보았다. 자신한테 대체 뭐가 남아있다는 걸까.

"너는 어어어어어엄청— 음흉하잖아!"

마유카는 그 말을 듣고 잠시 굳었다가, 곧 부들부들 떨면서 울음 섞인 목소리로 절규를 토했다.

"이 바보야, 그딴 건 장점이 아냐~~~~~~~~!"

"왜 장점이 아니라는 건데?! 이 에소드에서 남들을 장기말 취급하며 부려먹을 수 있는 애는 바로 너뿐이야! 진짜 대단하다니깐! 권모술수~? 라는 게 뛰어난 거잖아!"

"칭찬하는 거야?! 이 사람, 진짜로 나를 칭찬하는 거야?!"

"모모조노 씨. 유감스럽지만 키라리 씨는 진심으로 당신을 칭찬하고 있는 거예요."

비서가 끼어들며 그렇게 말하자, 마유카는 아연실색했다.

"이 사람, 완전 바보네."

"나는 바보일지도 모르지만, 네가 음흉한 건 사실이야. 하지만, 그건 개성 아닐까? 그러니까 아이돌 같은 건 관두고,

그걸 활용하는 식으로 산다면 엠프티화를 걱정할 필요는 없을 거라고 생각해!"

"내 음흉함을 어디에 활용하라는 건데?!"

"예소드를 지키는 데 써줬으면 해."

"……내 무명천사는 전투에 적합하지 않거든?"

"하지만 너는 머리가 잘 돌아가잖아?"

"키라리 씨의 말은 모모조노 마유카를 문지기 스태프로 배치하라는 건가요?"

"비슷해. 지금까지는 대충 순찰을 돌기만 했지? 영역회의에서 그 이야기를 했더니, 다른 영역의 도미니언들이 엄청화내더라니깐!"

"윽. 그렇기는 한데……."

비서는 말끝을 흐렸다.

"……어, 지금까지 그렇게 대충 한 거야? 구역을 정해서 정기적으로 순찰을 하지도 않았어?"

마유카가 미심쩍어하면서 대화에 끼어들었다. 그러자 비서는 부끄러워하면서 고개를 끄덕였다.

"어제는 여기에 갔으니 오늘은 이쪽으로 가보자, 같은 식으로 정해왔다……고 문지기 분들이 말씀하시던데……."

"그건 정기적으로 도는 게 아니라 대충대충 도는 거야! 너희는 예소드를 지켜야 하는 입장 맞지?!"

"여기는 지나칠 정도로 평화롭거든~."

"바로 옆이 말쿠트인데……. 얼마 전까지는 인형사 탓에 ^{돌마스터} 쇄국 상태였지만 말이야. 하지만 그 녀석이 죽어서, 지금은 후계자 다툼이 벌어졌다고 들었어."

"……그런가요?"

비서는 영문을 모르겠다는 표정을 지으며 고개를 갸웃거렸다.

마유카는 가라앉은 눈길로 비서를 노려본 후, 다시 리네무를 노려보았다.

"너희는 아이돌 활동에 정신이 팔려서, 영역을 지키는 일에는 너무 무관심한 거 아냐?"

"으음, 미즈하한테는 보고가 안 된 것 같았어~. 나도 그 소동에 대해 조사해보고 깜짝 놀랐다니깐."

"……그 건에 대해서는 정말 죄송하게 생각하고 있습니다……."

비서가 고개를 숙이는 모습을 보면서, 아이돌에게 이런 이야기를 들려줄 수도, 들려주고 싶지도 않았던 건가— 하고 마유카는 마음속으로 투덜거렸다. 아이돌이 도미니언일 때의 문제점이 바로 이것이다.

아이돌로서 찬란히 빛나기 위해, 영역의 어두운 이야기는 **그녀에게 전해지기 전에** 감춰지고 마는 것이다.

"그럼 정보도 모으지 않았던 거지? 별일 아닐 거라 여기며 그냥 무시하고 있었던 거네? 하긴, 그것도 무리는 아닐 거야."

"정보는 목숨인데도 말이야~. 뭐, 나는 다 죽어가고 있어서 그런 걸 신경 쓸 겨를이 없었어."

리네무가 투덜대듯 그렇게 말하자, 비서는 더욱 몸을 웅크렸다.

그 모습을 본 마유카는 흥 하고 코웃음을 쳤다. 이곳에 끌려왔을 때만 해도 의기소침한 상태였던 그녀는 어느새 자신감에 사로잡혀 당당하게 행동하고 있었다.

"좋아, 오케이. 내가 지휘해줄게. 우선 그 문지기 스태프라는 얼간이들을 모아줘. 그리고 내가 그 녀석들 중에서 가장 지위가 높은 거지?"

"그래~. 보고는 나나 미즈하나, 비서 양한테 해."

미즈하의 이름이 언급된 순간, 마유카의 눈빛이 또 가라앉았다.

"미즈하한테는 하기 싫어요~. 보고는 리네무 선배한테 할래요~."

그녀는 고개를 휙 돌리면서 그렇게 말했다. 리네무는 그 모습을 보고 고개를 갸웃거렸다.

"너, 미즈하를 싫어해?"

"지이이이이이이인짜 싫어요! 걔는 내가 가지지 못한 걸, 전부 가지고 있잖아요!"

농담이 아니라, 모모조노 마유카는 반오인 미즈하를 싫어했다. 증오한다고 해도 과언이 아니다.

그녀는 마유카에게 없는 것을 전부 가지고 있다— 누구에게나 사랑받고, 노력가이며, 또한 선량했다. 미즈하는 지극히 선량하기에— 미래와 자기 자신과 동료들을 믿는다.

그래서, 마유카는 미즈하가 정말 싫었다.

"흐응~."

"그리고 리네무 선배도 정말 싫으니까, 괜한 착각은 하지 마세요."

그리고 키라리 리네무 또한 싫다.

그녀는 미즈하와 정반대다. 사랑받지 못해도 괜찮다는 듯이 행동하며, 자신의 길을 정해 우직하게 나아간다. 마유카가 자신의 죽음을 바랐다는 점 또한 전혀 개의치 않으리라.

—샘이 난다. 음흉한 생각만 하는 자신이 바보처럼 느껴졌다.

"그럼 보고는 아무한테 해도 되겠네!"

"……선배는 싫지만, 미즈하 양과는 같이 있기도 싫거든요."

"뭐? 영문을 모르겠네."

"몰라도 돼요. 이건 제 심정과 관련된 거니까요. 리네무 선배도 싫지만, 이야기를 나누기도 싫지는 않은 것뿐이에요."

"진짜 이상한 후배네!"

"예, 그러니까 잘 부탁드릴게요. 이상한 선배님♪"

마유카는 그렇게 말하며 씨익 웃었다. 바보 취급을 할 생각이었는데, 왠지 입가에 미소가 어렸다.

"……너, 그런 미소도 지을 줄 아는구나."

리네무가 만족한 것처럼 고개를 끄덕이자, 마유카는 미소를 지우며 고개를 돌렸다.

◇

—호드.

반오인 미즈하는 이 영역을 찾은 주된 목적을 이루지 못했다. 그녀의 목적은 바로 친언니인 반오인 카레하와 이야기를 나누는 것이다.

……미즈하는 과거의 기억을 거의 가지고 있지 않았다. 정신을 차리고 보니, 이 인계에서 살아가고 있었다. 다만, 건너편 세계의 지식과 상식은 머리에 새겨져 있었다. 대부분의 준정령은 그렇게 생겨난다— 아니, **내려온다.**

과거의 기억을 전혀 지니지 못한 자도 있지만, 어렴풋이 기억을 지니고 있는 자도 있다.

미즈하가 지닌 과거의 기억은, 유일무이한 사실— 카레하가 자신의 언니라는 사실뿐이다.

그것만큼은 이 인계에서 눈을 떴을 때부터 몸에 새겨져 있던 진실이다.

그런 자신에 비해, 카레하는 다양한 기억을 지니고 있다고 생각한다. 미즈하에게는 결코 건너편 세계에 관해 이야기하지 않았지만 말이다.

어떤 집에서 살고 있었는지, 부모님이 어떤 사람이었는지, 그리고 카레하와 미즈하는— 어떤 『언니』와 『동생』으로서 살아왔는지…….

카레하는 절대, 이야기하지 않았다.

그런 분위기를 감지한 미즈하는 카레하에게 캐묻지 않았다. 아니, 인계에서 살아가는 것이 너무 힘들었기에 그럴 겨를이 없었다는 것이 정답일지도 모른다.

—하지만, 이제 괜찮으리라.

미즈하는 왠지 그런 생각이 들었다. 아니, 생각이 아니라 예감이라 말하는 편이 나을지도 모른다.

그래서 바쁜 시기이기는 하지만, 미즈하는 예소드의 운영을 키라리 리네무와 스태프에게 맡기고 이 호드를 방문했다.

하지만, 카레하는 미즈하를 만나주지 않았다. 만나고 싶어 하지 않는 듯한 시선으로 쳐다본 적은 있지만, 이렇게 명백하게 거절의 뜻을 내비친 것은 처음이다.

하지만 미즈하는 예소드로 돌아갈 마음이 생기지는 않았다. 그러는 사이, 열흘이 넘는 시간이 흘렀다.

미즈하는 기분전환 삼아 산책이라도 할 생각으로 반오인성의 밖으로 나갔다. 그렇게 걸어가다 보면 요새에 도착하며, 요새와 주위의 철조망을 벗어나면 모래사장에 도착한다.

하지만, 미즈하는 거기까지 갈 생각은 없었다. 요새까지 이어지는 길을 멍하니 걷는 것만으로 충분했다.

"여름……."

호드는 항상, 여름이다.

밤에도, 가을에도, 겨울에도, 여름인 것이다.

……옛날에는 사계절이 있었던 것 같다. 하지만, 카레하가 도미니언이 된 후로는 항상 여름이었다.

"내는 여름을 좋아한대이."

그녀는 그렇게 말하며 웃었다.

어엿한 언니이자, 어엿한 도미니언이다. 그녀와 이야기를 나누기만 해도, 열등감에 짓눌리게 된다.

……좋아하기는 하지만, 신뢰하고는 있지만…….

그래도, 항상 거리를 두고 있는 듯한 느낌이 들었다. 아니, 거리를 두고 있는 건 자신일지도 모른다. 열등감에 사로잡힌 나머지, 카레하를 피하고 있는 건 미즈하 자신일까……?

미즈하는 고개를 저었다.

아무튼, 현재 자신은 예소드의 도미니언이다. 카레하와 마주하고, 이야기를 나눠야만 한다.

동생으로서가 아니라— 한 사람의 준정령으로서, 말이다.

하지만 카레하는 자신을 만나주지 않았다. 중요한, 정말 중요한 이야기를 해야 하는데…….

"어떻게 하지?"

매미 소리가 시끄럽게 느껴졌다. 마치 생명의 울림 같았다. 진짜 매미가 아니지만, 지금이 여름이라는 것을 증명하려는 듯이 힘차게 울고 있었다.

"어머, 이런 곳에서 다 보는군요."

영롱한 목소리가 들려왔다. 여름의 더위를 개의치 않으며, 주위를 얼리는 듯한 얼음장 같은 기운이 느껴졌다.

"토키사키…… 쿠루미 양?"

예소드에서 퀸과 싸운 후, 행방불명이 되었던 토키사키 쿠루미가 이곳에 있었다.

"어? 대체 뭐가 어떻게—."

쿠루미는 손을 내밀면서 미즈하의 말을 막았다.

"마침 잘 됐군요. 괜찮다면 잠시 이야기를 나누지 않겠어요?"

"……아, 예……."

"고마워요."

쿠루미는 기품이 묻어나는 몸짓으로 인사를 건넸다. 그 차분하면서도 우아한 모습에, 미즈하는 잠시 눈길을 빼앗겼다.

"저는 이곳에 온지 얼마 안 되어서 잘 알지 못하는데— 혹시 이 부근에 찻집은 없나요?"

"아, 제 지인이 운영하는 가게가 근처에 있어요."

"그럼 거기로 가죠."

◇

미즈하에게 안내를 받아서 도착한 찻집은 아담한 크기였으며, 네 명이 들어가면 꽉 들어찰 것 같았다.

언덕 위에 있기 때문인지 아름다운 바다와 모래사장이 잘 보였다(같이 눈에 들어온 철조망과 요새는 그냥 무시하기로 했다).

"어서 오세…… 어머나."

점원은 미즈하의 얼굴을 보고 놀랐지만, 곧 환한 표정을 지으며 시원한 보리차를 내왔다.

"미즈하 님께서 이 영역에 오신 줄은 몰랐어요."

"예. 얼마 전에 왔답니다. 카레하 언니를 만나고 싶어서 왔는데…… 아직 만나지 못했네요."

"카레하 님은 요즘 이 가게에도 들러주시지 않아요. 정말 유감이에요……."

"만나면 이 가게에 가보라고 권할게요."

"감사합니다. 그럼 뭘 주문하시겠어요?"

"저는 안미츠#2를…… 쿠루미 양은 뭘 드시겠어요?"

"팥빙수가 있다면, 그걸로 주문하고 싶군요……."

"예. 잠시만 기다려 주세요."

점원이 가게 안쪽으로 들어갔다.

#2 안미츠(餡蜜) 우뭇가사리 위에 단팥, 떡, 꿀, 아이스크림 등을 얹은 디저트.

그리고 쿠루미가 입을 열려던 순간, 방울 소리가 그런 그녀를 방해했다.

"어머나, 풍령이군요."

바닷바람에 풍령이 딸랑딸랑하는 맑은 종소리를 냈다.

유리로 된 동그란 풍령은 해파리처럼 귀여웠다.

"철로 된 풍령도 있죠."

"흐음, 풍령은 유리로 된 것만 있는 줄 알았어요."

"재질에 따라 소리가 다르답니다. 철로 된 것은 약간…… 악기 같아요. 유리는 만드는 방식이 단순한 만큼, 소리도 소박하죠."

"어느 쪽을 더 좋아하나요?"

"철로 된 거요. 다소 강한 바람이 불면 정확한 소리를 내거든요."

"오래 기다리셨습니다. 안미츠와 팥빙수입니다. 그럼 맛있게 드세요~."

여름을 대표하는 음식이라 할 수 있는 안미츠는 콩, 우뭇가사리, 그리고 단팥에 흑설탕으로 만든 시럽 등을 뿌려 만들며, 거기에 과일 등을 토핑으로 올리기도 한다.

"생각해보니, 안미츠라는 건 꽤 기묘한 디저트군요."

쿠루미가 그렇게 말하자, 미즈하 또한 동의했다.

단팥과 시럽은 매우 달다. 그러니 팥에 시럽을 뿌리면 지나칠 정도로 단 맛이 강해지는 것이다. 하지만 달지 않은 콩과 네모나게 자른 우뭇가사리를 더하면, **안미츠**가 된다.

이 가게의 안미츠는 우뭇가사리와 콩 이외에도 귤과 파인 애플 같은 것으로 색감을 살렸다.

미즈하는 한동안 팥을 먹은 후, 시럽이 뿌려진 우뭇가사리에 도전했고, 때때로 과일을 맛봤다. 과일의 새콤한 맛이 끝내줬다.

"스마트폰으로 본 건데, 안미츠는 미츠마메의 일종이라고 해요. 콩과 우뭇가사리에 시럽을 뿌려서 먹다가, 단팥의 양을 늘리면서 탄생한 게 안미츠라더군요."

"저는 이 단팥이 볼륨감을 자내는 것 같아서 마음에 들어요."

미즈하는 그런 별것 아닌 대화를 나누면서 쿠루미를 쳐다보았다. 그녀는 평소에 입던 화려한 드레스가 아니라, 비키니 스타일의 수영복 위에 얇은 파레오를 걸치고 있었다.

"어머? 이 수영복이 신경쓰이시나요?"

"아, 예. 갈아입으셨군요. 좀 놀랐어요."

"로마에서는 로마의 법에 따르라는 말이 있잖아요? 당신은 평소와 같은 복장이군요."

"예. 저기, 수영복을 입으려면…… 허가를 받아야 하기 때문에……."

"……아이돌은 참 고생이 많군요."

방울소리가 두 사람의 대화를 끊었다.

그 침묵이 끝난 후, 미즈하는 드디어 본론에 들어갔다.

"쿠루미 양은…… 언제부터 이곳에 계셨나요?"

"비나에서 퀸과 싸운 직후부터군요."

"예……?!"

쿠루미는 담담한 어조로 비나에서 자신이 퀸에게 한 방 먹여주고 탈출에 성공했다는 이야기를 했다.

하지만 미즈하는 쿠루미의 담담한 목소리 안에 어려 있는 격전의 열기를 느낀 건지, 진지한 표정으로 몇 번이나 고개를 끄덕였다.

"……그래서, 호드에…… 고생이 많으셨군요."

"예. ……제 목적은 케테르에 가는 것이니, 곧 이곳도 떠날 예정이랍니다. 뭐, 당신의 언니가 문을 열어주지 않아서 발만 동동 굴리고 있는 상태죠."

미즈하는 그 언니라는 말에 반응을 보였다.

"쿠루미 양, 카레하 언니 말인데…… 좀 이상한 부분은 없었나요?"

쿠루미는 약간 난처하다는 듯이 고개를 갸웃거렸다.

"저는 그 분을 만난 지 얼마 되지 않아서……."

"그렇죠……. 이상한 질문을 해서 죄송해요."

"당신은 카레하 양의 친동생……이 맞죠?"

"……예. 저는 건너편 세계의 기억을 거의 가지고 있지 않지만, 그것만은 명확하게 기억하고 있어요. 그 사람은 저와 같은 피를 이어받은, 저의 언니예요."

미즈하의 그 말에는 한 치의 망설임도 어려 있지 않았다.

"자매의 추억을 기억하고 있는 건 아니죠?"

"예⋯⋯. 하지만, 어쩌면 언니는 기억하고 있을지도 몰라요. 그렇지만 한 번도 저에게 이야기를 해준 적이 없답니다."

미즈하는 고개를 숙였다.

S랭크 아이돌은 이런 가라앉은 표정도 한 폭의 그림 같다, 라고 쿠루미는 문득 생각했다. 그리고, 어떤 모순을 눈치챘다.

"사가쿠레 양의 말에 따르면, 카레하 양은 건너편 세계에 관해서는 기억을 지니고 있지 않다던데—."

"⋯⋯아뇨. 동생인 저는 알 수 있어요. 언니는 기억하지 못하는 게 아니라, 기억하고 있다는 걸 숨기고 있는 거예요."

미즈하는 단언했다.

"저는⋯⋯ 그게 불만이었어요. 그리고 불안했죠."

건너편 세계의 기억.

쿠루미는 굳이 따지자면 가지고 있는 편일지도 모른다. 자신의 목적을 기억하고 있다. 자신이 해야만 하는 일을 기억하고 있다.

⋯⋯소중한 사람의 이름은 생각나지 않는데, 원수의 이름만은 기억하고 있다.

하지만, 히비키에게 이 점에 대해 이야기한 적은 단 한 번도 없었다. 이야기를 해봤자 아무 소용이 없다고나 할까, 마음이 무거워질 뿐이기도 한 데다, 무엇보다— 소중하기 때문이다.

"……저는 히비키 양에게 비밀로 하고 있는 일이 몇 개 있답니다."

"히고로모 양에게……?"

"예. 함께 사선을 넘었던 히비키 양을, 저는 매우 신뢰하고 있죠. 하지만 이야기하지 않은 게 있어요. 카레하 양도 마찬가지 아닐까요?"

아무리 소중한 친구일지라도…… 아니, 소중한 친구이기 때문에, 결코 넘지 말아줬으면 하는 선이 있다.

"신뢰하는 이와는 모든 비밀을 공유해야 한다는 생각을 부정하는 건 아니랍니다. 하지만 저는 그 말에 순순히 고개를 끄덕이기에는 너무나도 복잡한 인생을 살아왔죠."

사람을 죽였다.

셀 수도 없을 만큼 죽였다. 벌레를 짓밟듯 죽였다. 죽이고, 죽이고, 또 죽였다. 누군가에게 복수했고, 누군가를 방해된다고 제거했다. 죄가 크고 작은 건 상관없다. 아니, 토키사키 쿠루미가 토키사키 쿠루미인 것만으로도 그녀는 죄 많은 존재일지도 모른다.

하지만, 쿠루미는 후회하지 않는다.

……그렇다고, 그런 사실을 떠벌리고 다닐 생각도 없다.

"그러니, 당신의 언니도 마찬가지 아닐까요? 당신이 동생이기 때문에, 이야기하고 싶지 않은 사실도 존재할 거랍니다."

"그런…… 걸까요."

"저도 질문을 하나 해도 될까요?"

"아, 예. 그러세요."

"사가쿠레 양에게 들었어요. 카레하 양은 도미니언이 되자마자 당신을 배제하듯 행동했다면서요? 그걸 원망하고 있지는 않나요?"

미즈하는 깜짝 놀란 것처럼 눈을 동그랗게 뜨고 고개를 저었다.

"아뇨. 원망 안 해요."

"어째서죠? 보통…… 원망해야 정상 아닐까요? 권력을 쥐자마자, 이용가치가 없어졌다는 듯이 당신과의 인연을 잘랐잖아요."

"……아니에요. 오히려 반대죠. 언니가 호드의 도미니언이 된 직후, 이곳도 말쿠트처럼 살벌한 곳이 되었어요. 그래서 저는 서둘러 이곳을 벗어나야 할 필요가 있었죠. 저는 언니 같은 전투형이 아니었으니까요."

"그럼 미즈하 양도 그걸 바랐다는 건가요?"

"예, 그래요. ……그 덕분에, 저는…… 아이돌이 될 수 있었어요. 리네무 양을 비롯한 다른 분들과도 만날 수 있었죠. 예소드의 도미니언도 될 수 있었답니다. 그러니, 저는 동생인 미즈하가 아니라 도미니언으로서, 이야기를 나누러 이곳에 온 거예요."

그렇게 말한 미즈하의 눈동자에는 강한 의지가 어려 있었다.

"……흐음. 그렇다면……."

동생으로서 어리광을 부리러 온 것이 아니라, 한 사람의 준정령으로서 이야기를 나누러 온 것이라면…….

"제가 전해드리죠. 카레하 양은 미즈하 양이 자신을 만나러 온 이유까지는 알지 못할 테니까요. 하지만 그래도 만나지 않는다면, 카레하 양은 나태함에 젖어있을 뿐이에요."

"……고마워요, 쿠루미 양."

"그러고 보니, 당신은 쥬가사키 레츠미 양과도 아는 사이죠?"

"예? 아, 예. 완전히 적대하기 전까지는……."

"카레하 양이 쥬가사키 양에 관해 이야기를 한 적이 있나요?"

미즈하는 그 말을 듣고 기이한 표정을 지었다. ―슬픔이 어린 것이다.

"예. 쥬가사키 양은 자주 성에 놀러왔어요. 이제는 그럴 수 없겠지만 말이에요. 언니는 그런 쥬가사키 양을 성가셔 했지만, 저는 부러웠어요."

"부러웠다고요……?"

"예. 언니는 쥬가사키 양에게만 푸념을 늘어놨으니까요. 『그 애와 만나면 정말 지친대이』하고 즐거운 듯이 이야기했어요. 솔직히 말하자면, 좀 샘이 났을 정도예요."

"어머, 어머."

쿠루미는 그 말을 듣고 훈훈하다고 생각하면서도, 마음 한편으로는 미즈하가 슬픈 표정을 지은 것을 의아해하며 고개를 갸웃거렸다.

"그래서, 지금은 슬퍼요. ……그 두 사람은 이제 그 시절로 **돌아갈 수 없으니까요.**"

이미 절대적인 위치 관계가 성립된 것이다.

호드에 모인 준정령들은 두 사람이 사이좋게 지내는 것 자체를 용납하지 않을 것이다. 아니, 용납하지 못한다기보다 용납할 수 없는 것이다.

왜냐하면, 이곳에 모인 그녀들은 서로의 목숨은 앗아가지 않을 정도만큼의 **진검**승부를 펼치는 것을, 삶의 이유로 삼고 있기 때문이다.

엠프티가 되는 것을 방지하기 위해, 진지하게 싸움에 임한다.

그런 싸움이 짜고 치는 엉터리 싸움으로 변질된다면 어떻게 될까. ……이 호드 전체가 뒤흔들리고 말 것이다.

그 무엇도 신용할 수 없다. 서로의 목숨을 앗아가는 싸움으로 발전할 가능성도 있으며, 준정령들의 엠프티화가 촉진될 가능성도 있다.

그리고, 그런 상황이 벌어진 것을 반길 이는— 바로 퀸이다.

"……가능하면 이 문제를 해결하고 싶은데 말이죠……."

쿠루미는 한숨을 내쉬었다. 타인을 위해 무언가를 하는

건 자신의 신조에 어긋난다. 하지만—.

퀸이 득을 보는 것만큼은 절대 용납할 수 없다.

"하지만, 해결을 하더라도…… 대체 어떻게 할 거죠?"

"문제는 바로 그 점이에요……. 어떻게 해결할지…… 아니, 해결을 하는 게 가능한지……."

"토키사키 님!"

바로 그때, 사가쿠레 유이가 찻집 안으로 뛰어 들어왔다.

"사가쿠레 양?"

"……히고로모 님이 모래사장에 나타났습니다. 그리고, 저기, 토키사키 님에게…… 빨리 튀어나올 것을 요구했다고 합니다."

"—호오."

쿠루미의 분위기가 싹 바뀌자 찻집 점원이 놀라서 쟁반을 놓쳤고, 사가쿠레와 미즈하의 등을 타고 식은땀이 흘렀다.

"히비키 양이, 저에게 **튀어나오라**고 말했다……는 거죠?"

"아, 예. 그런 것 같다고나 할 수 있을 듯도 하다고나 할까요."

사가쿠레는 당황한 나머지 약간 횡설수설하며 그렇게 말했다.

"우후, 우후후. 우후후후후. 저한테 튀어나오라고 한 건가요. 히비키 양, 장난이 좀 지나친데요?"

쿠루미는 물총 버전의 〈자프키엘〉을 움켜쥐었다. 그러자 찻집 점원이 가게 안쪽으로 도망쳤다.

"그럼 미즈하 양, 사가쿠레 양. 저는 볼일이 생겨서 잠시 실례할까 해요."

"아, 예. 저기…… 적당히……."

"예, 물론이죠. 적당히, 딱 적당히 자근자근 밟아줄 거랍니다. 그럼, 이만 실례하죠."

자리에서 일어난 쿠루미는 파레오를 살며시 들어 올리며 우아하게 인사를 한 후, 모래사장을 향해 뛰어갔다.

"……히고로모 양, 괜찮을까요……."

"저도 잘 모르겠습니다만……. 상대방도 꽤 기합이 들어가 있더군요."

"으음…… 하지만, 아무리 히고로모 양이 기합이 들어갔어도……."

히고로모 히비키가 백 명 있어도, 쿠루미에게는 이기지 못하리라.

"하지만 한 방 먹일 수 있을 있을 거라고 생각합니다."

사가쿠레는 그렇게 말을 이으면서 문제의 본질이 다른 곳에 있다는 점을 이해했다. 한 방 먹인다…… 과연 히고로모 히비키는 어떤 방법으로 한 방 먹이려는 걸까.

그 점이 바로 무시무시했다.

히고로모 히비키는 모래사장에 홀로 서 있었다. 요새에서 총탄이 날아오지는 않았다. 아무래도 아까 전의 선전포고 덕분에, 쿠루미가 올 때까지 대기하려는 것 같았다.

"홋홋홋, 후후후훗. 다리가 덜덜 떨리네요."

『오오, 전투를 앞두고 흥분한 것이오?』

"아, 너무 무서워서요. 하지만 과녁만 찢어지면 상대방이 진 거잖아요. 아무리 쿠루미 씨라도 이 영역의 룰을 어기지는 않을 거예요! 틀림없어요!"

『흐음~, 과연 그렇겠소이까~. 우리가 이 호드에서 흩날리는 벚꽃잎처럼 스러지고 말 가능성도 남아 있지 않겠소이까~.』

"그런 부정적인 사고는 금지예요~!"

히비키는 심호흡을 하며 사랑스러운(?) <ruby>토키사키<rt>무시무시한</rt></ruby> 쿠루미가 오기만을 기다렸다. 지금 심정을 삼국지에 비유하자면 관우를 기다리고 있는 졸개 병사가 된 기분이다. 일반적으로 그것은 죽음과 같은 의미가 아닐까.

"아, 아냐. 졸개 병사가 아니거든? 나는 계략으로 쿠루미 씨를 제압할 거잖아⋯⋯. 즉, 제갈공명 같은 역할이야"

히비키가 그렇게 중얼거리며 홀로 착각에 사로잡혀 있을 때⋯⋯.

"히~비~키~양~?"

관우가, 나타났다.

토키사키 쿠루미와 히고로모 히비키가 모래사장에서 대치했다. 둘 다 몸에 과녁을 달고 있었다.

　두 사람 다 전의를 불태우고 있다. 이제, 싸우기만 하면 되는 것이다.

　하지만…… 히비키는 당연히 이해하고 있다. 정면승부로는 이길 수 없다는 사실을 말이다. 그 점은 쿠루미 또한 이해하고 있으며, 그녀가 심술궂은 미소를 짓고 있는 건 히비키가 무슨 계략을 펼치든 이길 수 있다는 확신을 가지고 있기 때문이리라.

　"안녕하세요, 쿠루미 씨. 후후후, 쿠루미 씨가 반오인 측에 있을 줄은 몰랐어요. 같은 장소에서 전이했는데, 꽤 오차가 발생했네요."

　히비키는 마음속으로 식은땀을 흘리면서도 일단 말을 걸었다. 쿠루미는 의욕이 넘치고 있었다. 하지만 이대로는 함정에도 걸려들지 않을 것 같았다.

　"……그렇군요."

　그래서 일단 말을 걸어보기로 했다. 말을 건다면, 쿠루미는 대화에 응할 것이다. 마음 같아서는 즉시 물총을 쏘고 싶지만, 히비키에게 잔뜩 겁을 주고 싶을 테니 말이다.

　"그런데, 왜 반오인 측에 가담한 건가요?"

　"우연히 이렇게 됐답니다. 별 생각 없이 반오인 양을 찾아갔다가 이렇게 된 거죠. 그리고, 그쪽의 운동부 같은 분위기도 저에게 맞지 않고요."

"그, 그런가요? 그럼 싸울 수밖에 없겠네요."

"맞아요. 그럼 인정사정 봐주지 않고—."

"하지만!"

큰일날 뻔했다. 쿠루미는 한시라도 빨리 총을 쏘고 싶은 심정 같았다.

"하지만 쿠루미 씨, 지금의 저희 상황은— 마치 로미오와 줄리엣 같다고 생각하지 않나요?!"

"……또 그딴 이야기를 하는 건가요?"

히비키가 어이없는 발언을 하자, 쿠루미도 빈틈을 보였다.

"사랑에 빠진 두 사람이 이렇게 갈라져 있잖아요! 영락없는 로미오와 줄리엣이잖아요!"

"대체 누가 사랑에 빠진 두 사람이라는 거죠?"

쿠루미는 어이없다는 듯이 어깨를 으쓱했다. 좋아, 걸려들었어……라고 생각한 히비키는 마음속으로 씨익 웃었다.

"그럼 쿠루미 씨가 로미오이려나요?"

"제가 줄리엣이에요. 그것만큼은 절대 양보 못한답니다."

쿠루미가 딱 잘라 그렇게 주장했다. 바보 같은 이야기라고 생각하지만, 쿠루미는 그 점만큼은 양보할 수 없는 것 같았다.

히비키는 싱글벙글 웃으면서 이야기를 이어나갔다. 그리고 목적지로 유도하기 위해 서서히 이동했다.

"오오, 역시 사랑에 빠진 소녀 모드인 쿠루미 씨답네요.

그래도 한 말씀 드리자면, 쿠루미 씨의 행동은 준정령들에게 있어 독극물이라고요!"

"……도, 독극물이라는 게 무슨 소리죠?"

"아니, 쿠루미 씨는 항상 멋지잖아요. 그러니 로미오로서 동경의 대상이 되는 게 당연하다고요."

히비키는 본심을 털어놓았다. 거짓말을 잘 하는 요령은 크나큰 거짓말 속에 약간의 본심을 섞는 것이다. 쿠루미 또한 히비키의 걸음에 맞춰 천천히 이동하기 시작했다.

"흐음, 그런가요. 영광이군요. 그래도 저는 어디까지나 줄리엣이랍니다. 하지만, 저에게는 그들과 다르게 대립 중인 가족이 존재하지 않죠. 즉, 로미오를 잡으면 절대 놔주지 않을 거예요."

"쿠루미 씨답네요~."

"─그건 그렇고, 히비키 양의 꿍꿍이는 대체 뭐죠?"

"으윽!"

쿠루미는 걸음을 멈추더니, 눈앞의 지점을 향해 총을 쐈다. 그 순간, 쑤욱 하는 소리가 나면서 모래사장의 일부가 가라앉았다.

"고전적인 구멍 함정이군요."

쿠루미는 어이없다는 투로 그렇게 중얼거렸다. 그녀의 발치에는 어젯밤에 히비키 일행이 판 구멍이 있었다. 당연히 구멍 위는 위장되어 있었지만, 쿠루미는 그 미세한 부자연스러움을 놓치지 않았다.

"드, 들켰군요……. 하지만, 저는 딱히 그쪽에 시선을 보내지 않았는데요."

"그게 오히려 부자연스러웠어요. **일부러 쳐다보려 하지 않는 장소가 있다**는 건, 그곳에 무언가가 있다고 어필하는 거나 다름없으니까요."

의기양양한 어조로 지적을 한 쿠루미는 아직 그것을 눈치채지 못했다.

"하지만 쿠루미 씨, 이 싸움에서는 저희가 이겼어요!"

히비키의 책략은 2단계로 구성되어 있었다. 제1단계인 구멍 함정은 세심한 주의를 기울이더라도 분명 쿠루미에게 발각당할 것이다.

즉, 이 상황은 사전에 예측했던 것이다.

그리고 제2단계, 진짜 비장의 카드인 트럼프 소녀, 스페이드.

그녀는 현재 구멍 함정의 밑바닥에 묻혀 있었다. 구멍 함정의 바닥에서 흙을 뒤집어쓴 채 숨어서 구멍 가장자리에 있는 쿠루미의 목소리를 통해 그녀의 위치를 확인했다.

그리고 벌떡 일어서서 단숨에 벽면을 내달렸다.

"앗……?!"

스페이드는 쿠루미의 의표를 완벽하게 찌르면서 그녀의 앞에 나타났다. 쿠루미는 〈자프키엘〉을 거머쥐었지만, 스페이드가 이미 그녀의 품속으로 파고든 탓에 쏠 수가 없었다.

스페이드는 주무기인 칼로 쿠루미의 과녁을 향해 찌르기를 날렸다.

몸을 거의 밀착시킨 것과 다름없는 상황이지만, 스페이드에게는 익숙한 거리였다.

하지만—.

다음 순간, 토키사키 쿠루미도, 히고로모 히비키도, 그리고 스페이드도 충격을 받았다.

운명이란, 때로는 생각도 못한 광경을 자아내는 것이다.

쿠루미는 구멍에서 뛰쳐나온 스페이드를 보자마자 상황을 파악했고, 요격은 불가능하다는 결론을 내렸다. 하지만, 회피라면 아슬아슬하게 가능할 것 같았다.

쿠루미는 몸을 비틀며 뒤쪽으로 쓰러지듯 후퇴했다.

스페이드 또한 그런 쿠루미를 쫓아가려 했다. 하지만 칼끝은 쿠루미의 과녁에 아슬아슬하게 닿지 않았다. 결국 필연적으로, **몸을 젖힌 그녀의 가슴에 칼이 닿은 것이다.**

······그리고, 다시 설명을 하자면······.

토키사키 쿠루미의 수영복은 붉은색과 검은색으로 꾸며진 비키니 스타일이며, 허리에는 파레오를 둘렀다.

그리고 스페이드는 과녁을 찢지 못한다는 사실을 직감하자마자 반사적으로 칼을 멈췄다.

그렇다. 칼을 **멈췄다.** 그녀의 칼끝은 쿠루미를 상처내지는 않았지만—.

툭—.

"어?"

"응?"

『음?』

칼끝에 닿은 가슴 쪽의 수영복 끈이, 그대로 끊어졌다. 그
뒤를 이어 여름 바람이 쿠루미의 가슴을 숨김없이 드러냈다.

보였다.

시간이, 얼어붙었다.

스페이드도, 히고로모 히비키도, 토키사키 쿠루미도, 누
구 한 명도 꼼짝하지 않았다.

가슴이 훤히 드러났다. 상황을 인식할 수가 없다. 뇌가 이
해를 거부했다.

"노출!"

히비키가 고함을 질렀다.

쿠루미는 그 절규를 듣고서야 겨우 몸을 움직였다.

얼굴을 새빨갛게 붉히더니, 가슴을 손으로 감싸며 몸을
웅크렸다. 스페이드는 그 틈을 놓치지 않겠다는 듯이 쿠루
미의 과녁을 칼로 꿰뚫었다.

『오예! 이올소이다!』

"어, 어떻게 이런 짓을……! 히비키 양! ……히비키 양……?"

분노에 사로잡힌 쿠루미는 히비키를 향해 불같이 화를 내려다 움직임을 멈췄다. 스페이드 또한 덩달아 고개를 돌렸다.

히고로모 히비키의 온몸에 존재하는 구멍이란 구멍에서 피가 뿜어져 나왔다.

그녀는 만족스러운 미소를 짓고 있었다.

거북한 표정으로 입을 다물고 있던 두 사람은 서로를 쳐다보았다. 쿠루미는 비키니를 손으로 누른 채, 불쑥 한마디 중얼거렸다.

"……혹시, 제가 진 건가요?"

『원래 그렇게 될 예정이었소이다.』

"납득이 안 되는군요……."

평온한 듯이 행복에 찬 표정을 짓고 있는 히비키의 이목구비에서 피가 흘러나왔다.

"언뜻 보니 엄청 흉악한 바이러스에 감염된 환자 같군요."

『아…….』

◇

정신을 차려보니, 쿠루미가 보살 같은 표정으로 기다리고 있었다. 또한, 딱 봐도 화내는 편이 차라리 나을 듯한 상황이었기에, 히비키는 즉시 죽음을 각오했다.

"정신이 들었나 보군요."

쿠루미의 목소리는 차분했다. 히비키는 잠시 생각에 잠긴 후, 머뭇거리면서 물었다.

"저기, 기억이 안 나서 그러는데…… 제가 이겼나요?"

"아무래도 제가 진 것 같군요."

"오오…… 그럼, 제가 왜…… 어, 어라? 손이 빨갛네?"

"아, 손만이 아니라 온몸이 빨개요."

쿠루미가 히비키를 향해 거울을 내밀었다. 히비키의 온몸은 새빨개져 있었다. 마치 누군가가 피를 뒤집어씌운 것 같았다.

"쿠루미 씨……. 이건 너무하잖아요……."

"저한테 뒤집어씌우지 말아주겠어요? 어디까지나 당신이 자멸한 거니까요."

"어, 진짜요?"

『사실이올소이다~.』

스페이드가 거들었다.

"어, 그럼 저는 뜬금없이 피를 줄줄 흘린 건가요? 저, 혹시 엄청 흉악한 바이러스에 감염된 게 아닐까요?"

……쿠루미는 히비키를 뚫어져라 관찰했다.

"기억나지 않나요?"

"아~, 으음…… 구멍 함정은 쿠루미 씨에게 들켰죠. 그리고 그 구멍 밑바닥에 숨어 있던 스페이드 씨가 기습을 감행

했고……."

"그랬죠."

"거기서부터는 전혀 기억이 안 나요!"

히비키가 가슴을 펴며 그렇게 말하자, 쿠루미는 미심쩍은 눈길로 그녀를 쳐다보았다. 참고로 쿠루미는 여전히 영장의 가슴 부분을 손으로 누르고 있었다.

『수상하기 짝이 없소이다…….』

"……뭐, 기억을 못한다면 불문에 붙이도록 하죠. 하지만 화가 나는군요."

쿠루미는 스페이드를 힐끔 쳐다보았다.

"그런데, 당신은 대체 뭐죠?"

『뭐냐고 물어도 대답하기 곤란하오만…….』

"까르트 양은 어쩌고 이런 곳에 있는 거죠?"

『주군인 까르트 님과 도망을 치던 와중에 소생만 잡혔소이다. 그리고 어쩌다 보니 히고로모 중령님의 부관이 되었지요. 소생은 아직 중사이지만 말이오.』

"하아, 그렇게 된…… 중령?!"

"예! 저는 중령이에요, 중령!"

"예소드에서도 그랬지만, 히비키 양은 어디서든 출세하는군요……."

쿠루미는 어이없다는 듯이 한숨을 내쉬었다.

"으음, 그건 그렇고…… 쿠루미 씨, 패배를 인정해주실 건가요?"

히비키가 머뭇거리며 물었다. 스페이드는 안절부절 못하는 심정으로 지켜보고 있었다. 그도 그럴 것이, 비겁하기 짝이 없는 기습을 펼쳤던 것이다. 쿠루미가 불같이 화를 내며 인정 못한다고 외쳐도 이상하지 않을 정도다.

한편, 히비키는 쿠루미가 패배를 인정할 거라고 확신하고 있었다.

"―어쩔 수 없죠. 과녁이 찢겨진 건 사실이니까요. 제가 졌어요. 앞으로는 이 호드에서의 전쟁놀이에 관여하지 않겠어요."

쿠루미는 비정하지만 비겁하지 않으며, 화났다고 패배를 인정하지 않는 사람이 아니다.

목숨을 빼앗는 싸움 중이라면 온갖 수단을 동원해 상대를 해치웠겠지만, 전쟁놀이에서는 그렇게까지 하지 않을 것이다.

"다, 다행이야……. 살았어……."

"어머, 왜 살았다는 거죠? 저는 졌다는 이유로 히비키 양을 괴롭힐 만큼 속 좁은 사람이 아니랍니다."

"그, 그게……."

히비키의 얼굴이 새파랗게 질렸다.

히고로모 히비키라는 이름의 이 소녀는 사실― **기억하고 있었다!** 하나부터 열까지, 흥분한 나머지 피를 뿜으며 혼절한 것은 계산 밖의 일이지만, 그 직전의 광경은 똑똑히 기억하고 있었다!

하지만, 하지만 말이다.

만약 그 사실을 들킨다면, 토키사키 쿠루미는 밝은 미소를 지으며 히비키에게 어마어마한 벌을 줄 게 틀림없었다.

자칫하다가는 물리적 타격을 통해 기억 상실을 촉진시키려고 할 가능성도 있었다.

그리고 문제는 쿠루미가 아직 의심을 품고 있다는 점이다. 아까부터 미심쩍은 시선을 히비키에게 보내고 있는 점이 그 증거다. 하지만, 아직 확신은 하지 못했다. 그러니 쿠루미가 이제부터 히비키의 마음을 떠볼 게 틀림없다.

'거기에 걸려들었다간…… 죽어……!'

히비키의 온몸에서 식은땀이 흘러나왔다.

"……히비키 양, 땀을 흘리고 있는 것 같군요."

"여름이니까요. 그리고 쿠루미 씨와 적대관계라 너무 힘들었거든요."

히비키는 태연하게 거짓말을 했다.

승부는 제2단계로 이행됐다. 즉― 쿠루미의 심문과 분석으로부터 벗어나야만 하는 것이다.

토키사키 쿠루미의 가슴을 똑똑히 봤다는 사실을 들켜선 안 된다……. 절대, 절대 안 된다.

"저기, 히비키 양. 히비키 양은 정말 아무것도 모르나요?"

쿠루미가 온화한 미소를 지으며 그렇게 물었다.

"예, 물론이죠. ……어, 그런데 왜 손으로 가슴을 감싸고 있는 거예요?"

히비키는 쿠루미가 여전히 의심을 품고 있다고 확신했다. 쿠루미가 손으로 가슴을 감싸고 있는 건, 수영복의 끈이 끊어졌기 때문이다. 아무것도 모른다고 우기고 있는 히비키가 그 점을 지적하지 않는 건 충분히 미심쩍으리라.

"……걸려들지 않는군요."

"아니, 그러니까 진짜로 아무것도 모른다고요!"

쿠루미는 몸을 일으켰다.

"저는 카레하 양에게 제가 졌다는 걸 알리고 오겠어요. 당신들은 반란군의 진지로 귀환할 거죠?"

"어, 벌써 가는 거예요?"

히비키는 반사적으로 그런 질문을 던졌다. 쿠루미는 약간 당혹스러워했지만, 곧 자신만만한 미소를 지으며 히비키의 볼을 살짝 꼬집었다.

"당신은 아직 저희의 적이거든요? 그리고 히비키 양은 뭔가를 잊고 있는 것 같군요."

"예?"

"나오세요, 『시스터스^저』!"

그 순간, 쿠루미의 분신인 시스터스가 하품을 하며 그림자에서 나왔다.

"여러분, 안녕하세요. 그리고 잘 가세요."

그녀는 빙긋 웃으면서 물총을 거머쥐었다.

"끄아~~~~~~~~~!"

『다짜고짜 공격하는 건 너무하잖소이까~~~~~~~~!』

두 사람은 거품을 물고 도망쳤다. 쿠루미가 그런 두 사람의 등을 쳐다보며 외쳤다.

"아직 질 생각은 없답니다~! 그리고 히비키 양은 이 싸움이 끝난 후에 혹독한 심문, 아니, 저와 이야기 좀 해요~!"

"으앙~! 진짜로 기억 못하는데~!"

거짓말이다.

쿠루미에게 거짓말을 하며 잡아떼는 상황에서 기묘한 쾌감과 께름칙한 느낌을 받으며, 히비키는 보트에 올라탔다.

◇

"—상륙 성공. 다들 모였지?"

토도 소위의 말에 병사들은 고개를 끄덕였다. 히고로모 히비키와 정체불명의 트럼프가 상륙한 탓에 일대 소동이 벌어지면서, 보초의 숫자가 줄어든 것이 도움이 됐다.

"무명천사 확인. 영장도 손상되지 않았는지 확인해."

그녀들의 무명천사는 전형적인 전투 특화 타입으로 개조되어 있었다. 영장 또한 잠입에 도움이 되도록 스니킹 타입이었다.

리더인 토도는 비장한 결의가 어린 눈동자로 입을 열었다.

"이 호드를 말쿠트처럼 만들 수는 없어. 그리고 퀸의 손에 넘어가게 둘 수도 없어. 이 영역의 평화와 질서를 지키기 위해, 우리는 악마가 되는 거야. 악마가 되어서, 반오인 카레하를 반드시 죽이자."

소녀들은 고개를 끄덕이더니, 가녀린 손으로 자신의 무기를 움켜쥐었다.

"우리는 아마 목숨을 잃겠지."

—애초부터 반오인 카레하를 죽인 후의 일은 생각조차 하지 않았다.

"하지만, 우리는 의미 있는 죽음을 맞이하는 거야."

—죽음은 확정되어 있는 것이나 마찬가지다.

"이 영역은 사실 어디보다도 평화로워. 예소드는 너무 평화로워서 적응하지 못하고, 말쿠트는 지나치게 가혹해. 그렇지만 네차흐나 티파레트에는 갈 수 없는, 그런 어중간한 준정령들이 이곳에 모였고— 자유롭게 경쟁을 하며 살고 있어."

누군가와 경쟁을 하고 싶다. 하지만 살생을 저지르고 싶지는 않다.

사라지는 것은 역시 무섭다. 하지만 너무 평화로운 것도 심심하다.

호드는 그런 어중간한 준정령들에게 있어, 틀림없는 낙원이었다.

그런 영역을 파괴하려 하는 이가 바로 반오인 카레하였다.

"보고에 따르면, 내일 최종결전이 치러질 거야. 그때 반란군에 섞여서, 반드시……."

—맹세했다.

심장이 격렬하게 뛰었고, 마음속은 공포와 고양감 때문에 흐트러졌다.

"죽이는 거야. 반오인 카레하를, **여왕의 수족이 되고 만 그녀를……**."

토도 소위와 부하들의 결의는 단단하고, 강인했으며…….

또한, 결코 틀리지 않았다.

◇

"……토키사키 쿠루미를, 쓰러뜨렸어?"

"예. 꽤나 간당간당했지만요!"

"잘했어! 그럼 너를 대령으로 임명할게! 나 다음가는 지위다!"

쥬가사키 레츠미는 히비키의 양어깨를 두드렸다.

"아, 예. 감사합니다. 그건 그렇고, 다른 대령은 없나요?"

"없다!"

쥬가사키는 가슴을 펴고 그렇게 대답했다.

"그건 그렇고, 드디어 내일 최종결전을 치를 거다! 다들

저 요새와 성을 함락시키는 거야! 이번에야말로, 우리가 승리를 거머쥐자!"

강적인 토키사키 쿠루미를 일찌감치 제거하자, 반란군의 사기는 최고조에 달했다.

쥬가사키는 연설을 마친 후, 히비키와 스페이드에게 귓속말을 했다.

"……할 이야기가 있어."

두 사람은 쥬가사키와 함께 작전회의실에 틀어박혔다.

"할 이야기가 뭔데요?"

"그게…… 이번에야말로, 반오인 카레하에게 다다를 수 있을 거라고 생각해."

"으음, 뭐…… 아마 가능할 거예요."

『소생은 그저 우직하게 뒤따를 것이외다.』

"그래서 말인데……. 어쩌면 좋을까?"

방과 후에 보충수업을 받으려고 학교에 남아 있던 소녀처럼, 쥬가사키는 난처한 표정을 지으며 그렇게 말했다.

"어쩌면…… 좋겠다뇨?"

"솔직하게 말할게. 나, 카레하한테 이길 생각만 했거든. 그 후에 어쩌면 좋을지 하나도 모르겠어!"

쥬가사키는 가슴을 펴고 그렇게 말했다.

침묵.

히비키와 스페이드는 큰일났다는 것을 직감했다.

"……쥬가사키 씨, 혹시……."

『반오인 카레하를 쓰러뜨린 후에 뭘 어떻게 할지 전혀 생각하지 않은 것이오?』

"게다가 방금 카레하 씨를 엄청 친근한 어조로 부르지 않았어요? ……혹시 친구 사이예요?!"

"맞아. 아…… 그러고 보니 말할 여유가 없었네."

"말 못할 만하거든요?! 최종 보스가 우두머리의 옛 친구였다는 게 밝혀지면, 반란군의 사기가 바닥을 칠 테니까요!"

"어, 옛 친구가 아니거든? 나는 지금도 친구라고 생각해."

"맙소사~! 잘 들어요, 쥬가사키 씨. 일반적으로 이런 걸 두고 짜고 치는 고스톱이라고 해요."

가장 큰 문제가 바로 그것이다. 반란군의 준정령들은 이 전쟁을 호드의 패권이 걸린 싸움이라 생각하고 있으리라. 상대방의 목숨을 빼앗지는 않지만, 진지한 승부라고 여기는 것이다.

하지만, 쥬가사키와 반오인이 친구 사이라면 이야기가 명백하게 달라진다.

게다가 반란군은 연패를 해왔다. 단 한 번도 승리를 거둔 적이 없는 것이다.

즉— 애초부터 승패가 정해져 있었던 것은 아닐까. 그런 의문을 품어도 이상하지 않은 상황에 처하는 것이다.

"뭐?! 우리 반란군은 언제나 진지하게 이 싸움에 임했다!"

"그렇게 보이는 게 문제예요……."

『이거 무슨 수를 써서라도 이겨야만 하겠소이다…….』

히비키와 스페이드는 머리를 감싸 쥐었다. 둘은 최악의 사태를 상상했다. 이 전쟁이 사기였다는 인식이 퍼져나갈 경우, 준정령들은 정신적으로 심각한 악영향을 받을 것이다. 구체적으로 말하자면, 엠프티화가 가속되리라.

두 진영이 경쟁을 할 수 없을 정도로 붕괴된다면…….

이 영역은 완전히 끝나고 마는 것이다.

"……카레하와 다시 사이좋게 지내면, 안 되는…… 거야?"

우물쭈물하던 쥬가사키가 불안감이 어린 목소리로 그렇게 물었다. 히비키는 그 말을 듣고 낮은 신음을 흘렸다. 평소의 한없이 밝고 자신만만하던 리더는 존재하지 않았다. 이 자리에 있는 이는 친구와 오랫동안 교류를 하지 못해 괴로워하고 있는, 평범한 소녀였다.

『형님…… 어, 어떻게 하면 좋겠소이까?』

"……이, 일단은 입 다물고 있을 수밖에…… 없을 것 같아요……."

"카레하……."

세 사람의 한탄이 작전회의실 안에 울려 퍼졌다.

◇

"졌다고예?"

"졌어요."

반오인 카레하가 웃음을 흘리자, 쿠루미는 삐친 듯이 입술을 쭉 내밀며 고개를 돌렸다.

"비밀병기답지 않게, 허무하게 당해버린 것 같습니대이."

"자신의 힘을 과신한 탓이랍니다. 예, 변명의 여지가 없을 정도로 완벽하게 당해버렸으니, 그 어떤 비난이든 감수하겠어요~."

쿠루미는 그렇게 말하면서 대자로 바닥에 드러누웠다.

하지만 카레하는 쿠루미를 비난하지 않았다. 그저 어쩌다 진 것인지를 물어보았다.

쿠루미는 투덜댔지만, 카레하의 추궁은 집요했다. 결국 쿠루미는 비키니의 끈이 끊어져서 반사적으로 몸을 웅크린 바람에 졌다는 것을 자백했다.

카레하의 반응은 그야말로 극적이었다.

박수를 쳐대며 웃음을 터뜨린 것이다. 그야말로 폭소였다.

"아하하하하하하하하하하하!"

"너무 웃는 것 아닌가요?"

카레하는 배를 쥐고 다다미 위를 종횡무진으로 굴러다녔다.

"복근에 경련이 올 뻔 했습니대이…… . 큭…… ."

쿠루미는 가라앉은 시선으로 카레하를 비난했다. 카레하는 어느새 쿠루미와 마찬가지로 다다미 위에 대자로 누워서 천장을 올려다보고 있었다.

"그건 그렇고, 큰일났습니대이. 내, 진짜로 지게 생겼네예."

"전에는 져도 괜찮다고 말하지 않았나요?"

"……그럴 수도 없습니대이. 내는— 호드의 도미니언이다 아닙니꺼. **승리를 목표로 삼아야만 합니더.**"

카레하는 천장의 나뭇결을 멍하니 올려다보았다.

쿠루미는 그중 하나가 사람 얼굴처럼 보였다.

"저 나뭇결, 사람 얼굴처럼 보이지 않나요?"

"어느거 말입니꺼~?"

카레하는 쿠루미가 손가락으로 가리킨 곳을 응시했다.

"아~, 내는 검은 고양이 같다고 생각했습니대이."

"딱 잘라 부정하겠어요. 저렇게 무서운 고양이가 존재할 리가 없어요."

쿠루미는 단호하게 대답했다. 그러자 카레하는 뭐가 그렇게 재미있는지 또 웃음을 흘렸다.

"고양이를 좋아합니꺼?"

"……뭐, 싫어하지는 않아요."

쿠루미는 멋쩍은 듯이 그렇게 말하며 고개를 돌렸다. 싫어하지 않는 정도가 아니라 엄청 좋아하는 것 같다고 카레하는 생각했다.

"내는 개를 좋아합니대이. 미즈하는 개를 닮은 것 같지 않습니꺼?"

카레하가 느긋한 어조로 그렇게 말하자, 쿠루미는 미즈하를 떠올렸다.

"으음…… 그녀는 개보다 고양이에 가깝지 않을까요?"

"아니예. 개입니더. 개가 틀림없습니대이."

"……당신, 혹시 개를 좋아하나요?"

"당연하다 아입니꺼."

그렇다면, 미즈하도 좋아할 것이다.

"미즈하 양을 만나보는 게 좋지 않을까요?"

"이제 와서 그래봤자 무슨 의미가 있겠습니꺼."

"……지금 만나두지 않으면 나중에 후회하지 않을까요?"

"아직 시간이 있습니대이."

카레하는 그렇게 말하며 웃음을 흘렸다. 히비키에게 들은 이야기에 따르면, 백발화가 시작된 이후에도 엠프티가 되려면 시간이 꽤 걸린다고 했다. 그 후로 얇은 살가죽이 하나하나 벗겨지는 것처럼, 하얗게 변해간다고 들었다.

"시간 같은 건 순식간에 흐르거든요? 저는 시간이 아무리 있어도 부족하답니다."

"아…… 쿠루미 양은 『시간』이 무기였지예."

"카레하 양의 무기는 뭐죠?"

"내는 바람과 벚꽃입니대이."

"어머, 봄도 아닌데 특이하군요."

맞습니대이~ 하고 카레하가 깔깔 웃었다. 그리고 갑자기 질문을 던졌다.

"……쿠루미 양은 내가 최후를 맞이할 때까지 곁에서 지켜봐줄 겁니꺼?"

"최후……를 맞이할 때, 까지 말인가요?"

"예. 어떻습니꺼?"

"승패가 갈릴 때까지는 곁에 있어 드리죠. 하지만—."

그 후, 카레하가 바라는 『순간』까지 곁에 있어 주는 건 무리이리라.

"내가 죽는 모습을 지켜봐줬으면 합니대이."

카레하는 그렇게 말하며 웃음을 흘렸다.

"당신은 아마 사라지지 않을 거예요. 그런 소리를 하는 사람은 하나같이 오래 살더군요."

"내를 위로해주는 겁니꺼? 참 상냥하네예."

"설마요."

쿠루미는 코웃음을 흘렸다.

"어차피 오래 살 게 뻔하니까, 저는 네차흐로 향할 거랍니다. 이 바보 같은 소동이 끝난 후에 말이에요."

"그렇습니꺼~."

카레하는 쿠루미를 비난하지도, 애원을 하지도 않았다.

"왠지~, 이러고 있으니…… 여름방학을 만끽하고 있는 여고생이 된 것 같습니대이."

"……아, 그렇군요."

"내와 쿠루미 양은 클래스메이트이고, 지금 같이 방을 굴러다니고 있는 겁니더."

"저와 당신이 같은 반이 된다면, 전혀 교류하지 않을 것 같은 느낌도 드는데 말이죠."

"그렇지는 않을 거라고 생각합니대이. 내도 꽤 잘나가는 가문의 아가씨다 아닙니꺼. 다른 파벌에 속해서 대립할 것 같지 않습니꺼?"

"아…… 그럴지도 모르겠군요."

쿠루미는 납득한 것처럼 고개를 끄덕였다. 카레하는 뭔가를 상상하는 듯한 어조로 중얼거렸다.

"미즈하는 후배인 겁니더. 그리고 레츠와 히고로모 히비키 양도 덤으로 추가하는 건 어떻겠습니꺼?"

"히비키 양은 제 들러리겠군요. 역시 쿠루미 씨는 대단해요, 같은 소리를 툭하면 할 것 같아요."

"그럼 쿠루미 양은 자기 들러리인 애한테 진 겁니꺼?"

"……신경 끄세요~."

카레하와 쿠루미는 천장을 올려다보며 이런저런 이야기를 나눴다.

"레츠의 이름은 내가 지어준 겁니대이."

"전에도 그 이야기를 했어요. 그리고 그때 말하는 걸 깜빡

했는데…… 센스 한 번 참 독특하군요."

"그거, 칭찬 아니지예? ……뭐, 내도 반쯤 장난삼아 지어준 건데, 의외로 마음에 들어했다 아닙니꺼……."

"정말 너무하군요."

"그렇지예? 내는 진짜 너무한 애입니더."

매미 소리가 점점 저녁매미의 울음소리로 변해갔다.

"아, 해 질 녘이 됐습니대이."

"진짜로 매미가 있는 건 아니죠?"

"당연하지예. 일본의 여름하면 역시 매미 소리 아닙니꺼. 그래서 예소드의 준정령에게 부탁해서 만든 겁니대이."

"철저하군요……."

하지만, 쿠루미는 매미의 울음소리도 나쁘지 않다는 생각이 들었다.

"여름입니대이."

"여름이군요."

담담하고, 조용하게, 시간이 흘러갔다.

무한히 긴 것처럼 느껴지지만, 실은 찰나에 지나지 않는 하루가, 이렇게 흘러갔다.

신기하게도, 쿠루미는 그것이 딱히 기분 나쁘지는 않았다.

드문 일이라는 생각이 들었다. 자신이 이렇게 휴식을 원하고 있다는 것이 말이다.

"분명…… 여름, 탓일 거예요."

쿠루미의 중얼거림은 저녁매미의 구구절절한 울음소리에 가려지고 말았다.

○전쟁놀이가 사랑스러워서

—그리고, 다시 싸움이 시작됐다.

토키사키 쿠루미라는 가장 큰 장애물을 타도했지만, 요새와 반오인성은 건재했다. 하지만, 이번에야말로 승리를 거머쥘 수 있을 거라 생각하고 있는 쥬가사키군의 사기는 하늘을 찌를 것 같았다. 게다가 히고로모 히비키의 냉철하고 정확한 판단력이 더해지자, 쥬가사키군은 노도와도 같은 기세로 모래사장에 쇄도했다.

"큭…… 예전과 달라……!"

"당~했~다~!"

비명이 들렸다. 반오인군의 과녁이 차례차례 찢겨졌다. 그리고, 지금까지 후방에 있던 쥬가사키도 최전선에 나섰다. 그러자 반오인군은 그녀의 어마어마한 아우라에 압도당했다.

"물러서지 마라~! 전속 전진! 전력 전진! 유쾌, 통쾌, 가가대소(呵呵大笑)!"

그녀의 영문 모를 언동 또한, 텐션이 하늘을 찌를 듯한 반란군에게는 승리의 나팔소리처럼 들렸다.

쥬가사키의 일거수일투족에 따라, 반란군에게서 기쁨의 비명이 터져 나왔다.

격렬하고, 호쾌하며, 용맹할 뿐만 아니라, 아름답다. 그것은 야생의 아름다움, 바로 싸우는 소녀의 아름다움이었다.

"이번에야말로…… 이길 수 있겠군요!"

히비키는 그렇게 말한 부하를 향해 방심하지 말라고 말하면서도, 마음속으로 승리를 확신했다.

해치운 자는 삶을 실감하고, 승리를 통해서도 삶을 실감하며, 싸움을 통해 삶을 실감한다.

당한 자 또한 마찬가지다. 패배하더라도, 싸움을 통해 삶을 실감한다.

윤회의 뱀처럼, 그녀들은 영원히 싸운다— 그리고 그 기쁨을 양식 삼아 살아간다.

결국 요새가 함락됐고, 반오인성에서도 카레하와 함께 본대가 출진했다. 요새에서 진영을 정비한 반란군 또한 다시 진격하기 시작했다.

이윽고 두 군대는 반오인성 앞의 들판에서 대치했다.

"반오인 카레하~~~! 나와라~~~!"

쥬가사키의 외침에 반오인 카레하가 천천히 모습을 드러냈다. 위풍당당한 쥬가사키 레츠미와, 요사한 아름다움과 우아함을 갖춘 반오인 카레하. 카레하는 부채질을 하면서 입을 열었다.

"되게 시끌하네예. 쥬가사키 양, 또 지러 온 겁니꺼?"

"바보~, 나는 이기러 왔어! 수십 번이나 졌지만, 이번만큼은 승산이 있거든!"

"……뭐, 그럴지도 모르겠대이. 평소의 다섯 배 정도는 살아있는 것 같고, 요새도 함락된 것 같다 아이가."

　지금까지는 반란군이 이곳에 도착한 시점에서 거의 패배가 확정되어 있었다. 평소 같으면 요새를 함락시키지도 못한 채 목숨만 부지한 상태로 겨우 이곳에 도달했을 것이며······ 요새와 본진으로부터 협공을 당해 얼마 남지 않은 병력을 잃고 패배했을 것이다.

　하지만, 이번에는 요새를 함락시켰을 뿐만 아니라 충분한 병력이 살아 있었다. 배후의 공격을 걱정할 필요가 없으며, 요새에 남아 있는 병사로부터 지원 포격을 받을 수 있었다.

　게다가, 병사의 숫자는 거의 동일했다.

　또한, 반오인의 병사들은 전장에서의 경험이 부족했다.

　지금까지 너무 쉽게 이긴 폐해였다.

　그러나— 반오인 카레하는 흔들리지 않았다.

　"하지만, 이 정도로 질 만큼 내는 약하지 않대이. 다들, 안 그렇나?"

　카레하가 온화한 미소를 짓자, 반오인의 병사들은 마음이 얼어붙는 느낌을 받았다. 때때로 공포란 사람을 옥죄기만 하는 것이 아니라, 사람의 힘을 증폭시키기도 한다.

　상처를 입더라도, 공포로 다시 일어서게 한다. 카레하의 시선에는 그런 힘이 어려 있었다.

　반란군에게 지지 않겠다는 듯이, 반오인군이 하늘을 찌를 듯한 고함을 질렀다. 하지만 반란군은 움츠러들지 않으며,

비살상용으로 개조한 무명천사를 거머쥐었다.

"이번에야말로 이기겠어!"—쥬가사키.

"이번에도 내가 이길 거대이."—반오인.

두 진영에서 나팔소리가 울려 퍼졌다.

전군 돌격! 하고 쥬가사키가 외쳤다. 해치워삐라! 하고 반오인이 말했다.

누구도 죽지 않는 전쟁이, 시작됐다.

"미즈하 양~, 여기서라면 잘 보일 것 같아요~."

그리고 전장을 내려다볼 수 있는 벼랑을 발견한 토키사키 쿠루미는 미즈하를 향해 손짓을 했다. 미즈하는 쪼르르 달려오더니, 의아하다는 듯이 고개를 갸웃거렸다.

"토키사키 양은 전투에 참가하지 않나요?"

"……그럴 사정이 있답니다."

"미즈하 님."

곁에서 대기하고 있던 사가쿠레 유이가 귓속말을 했다. 미즈하는 입을 벌리며 앗 하고 신음을 흘리더니, 허둥지둥 고개를 숙였다.

"죄송해요, 토키사키 양."

"……아, 괜찮답니다."

미즈하가 이렇게 솔직하게 사과를 하니 쿠루미는 화를 낼 수가 없었다. 만약 리네무라면 「아하하하하! 졌구나, 아하하하하!」 하고 웃었을 테니, 마구 괴롭혀줬을 텐데 말이다.

"전황은…… 아, 역시 반란군이 우세하군요."

"하, 하지만, 카레하 언니는 대단해요."

반란군 측은 쥬가사키가 주위의 병사들을 지휘하며 상대를 야금야금 줄여나가고 있었으며, 반오인군은 카레하가 단독으로 날뛰며 전장의 혼란을 야기시키고 있었다.

반오인 측에는 시스터스도 가세했지만, 역시 카레하의 실력은 압도적이었다.

그녀가 부채를 한 번 휘두르자, 벚꽃의 꽃잎이 무수히 생겨나며 바람에 흩날렸다. 조그마한 꽃잎인데도 불구하고, 닿으면 강렬한 타격을 자아내며 과녁을 순식간에 꿰뚫었다.

"방어! 방어 태세! 카레하 씨를 포위한 후, 방어에 전념하세요~!"

히비키가 지시를 내리자, 그녀의 직속 부하들이 일제히 움직였다.

철판에 손잡이만 단 듯한 투박한 방패였지만, 카레하의 공격은 그 방패에 막혔다. 역시 꽃잎은 강철을 꿰뚫지 못했다.

"포위한 후, 그대로 대기!"

"옛썰~!"

히비키의 지시에 병사들이 카레하의 주위를 둘러쌌다.

"히고로모 대령! 포위를 풀어라! 카레하가 날뛰기 시작할 거다!"

히비키는 쥬가사키의 경고를 듣고 허둥지둥 지시를 변경하려 했지만— 한발 늦었다.

"어쩔 수 없대이. 아파서 엉엉 울지도 모르지만, 양해해도."

카레하가 움직였다.

자신을 둘러싼 철제 방패 중 하나를 향해 돌진한 것이다.

"하앗!"

부채로 방패를 찔렀다. 그러자 철로 된 방패가 종이처럼 갈가리 찢겨나갔다. 그리고 그 방패를 들고 있던 병사 또한 튕겨나갔다.

"어…… 어~?!"

주위의 병사들이 아연실색했다. 카레하는 그렇게 간단히 포위망을 돌파했다.

"추, 추격해요~! 그리고 좀 더 거리를 두고 포위해요!"

히비키가 또다시 지시를 내렸다. 하지만 병사들은 카레하의 엄청난 실력을 보고 위축된 나머지 꼼짝도 하지 못했다.

"내가 카레하를 막겠다! 너희는 포위하기만 해도 돼!"

쥬가사키가 그렇게 외치며 카레하를 쫓아가기 시작했다.

"히고로모 대령, 지휘는 너에게 맡기겠다! 이미 적의 절반은 해치웠다! 내 지휘를 흉내내기만 해도 이길 수 있어!"

"라져~!"

그렇게, 쥬가사키 레츠미와 반오인 카레하가 대치했다.

"얏호~. 그럼 힘차게 죽어버려!"

"여전히 상스러운 애대이!"

두두두두두, 하고 기관총 타입의 무명천사가 엄청난 기세로 발사한 물이 카레하의 머리에 달린 과녁을 향해 쏟아졌다.

하지만, 카레하는 그 파도 같은 탄환들을 부채로 전부 쳐냈다.

그런 그녀의 주위는 방패로 포위망이 형성되어 있었다.

쥬가사키가 고함을 질렀다. 힘찬 목소리로, 즐거운 듯이, 순수하게……. 초등학생들이 달리기 경주를 하는 것처럼, 즐거워 보였다.

"이번에야말로, 우리가 이길 거야!"

"이번에도, 우리가 이길 거대이!"

카레하가 대답했다. 즐거운 듯이, 유쾌한 듯이…….

총기가 물을 뿜고, 부채가 꽃잎을 흩뿌렸다. 쥬가사키는 회피와 동시에 카레하에게 접근했다. 그 싸움의 소용돌이는 다른 누구도 끼어들지 못할 만큼 격렬한 회오리였다.

"―표적은 과녁인데, 마치 서로를 죽이려는 것처럼 격렬하게 싸우는군요."

쿠루미가 감탄하는 것도 무리는 아니다. 물과 꽃잎이 탄환이지만, 스치면 피가 낭자할 정도의 파괴력을 지녔다. 미즈하는 기도하는 심정으로 두 사람의 싸움을 지켜봤다.

"사가쿠레 양은 어느 쪽이 우세하다고 생각하나요?"

"……그건……."

그녀는 말끝을 흐리면서 미즈하를 힐끔 쳐다보았다. 미즈하가 고개를 끄덕이자, 그녀는 입을 열었다.

"쥬가사키 님입니다."

"어머, 저와 같은 의견이군요."

"……카레하 님의 의식이 평소보다 산만합니다. 마치…… 져도 괜찮다는 것처럼 말이죠."

"그래요. 하지만 이렇게 생각할 수도 있지 않을까요? **평소가 분발을 했던 것일 뿐, 사실 카레하 양의 실력은 원래 이 정도였던 거라고 말이에요.**"

"뭐……?"

"……분명, 쭉 기다려 온 거겠죠."

아마 흔한 일은 아니겠지만…….

누군가를 위해 강해질 수 있는 소녀가 존재했다고 치자. 누군가가 자신을 이길 수 있는 곳까지 올라올 때까지, 쭉 노력했다면 어떨까?

알지도 못하는 타인에게 질 수는 없다며, 최선을 다했으며—.

그리고 현재, 드디어 잘 아는 누군가에게 지려 하고 있다면…….

—진짜, 강하대이.

카레하는 감탄했다. 이것이 서로의 목숨을 앗아가기 위한 사투였다면, 아마 네 번은 죽었을 것이다. 과녁을 지키는 것 조차 벅찼다.

그녀 이외의 다른 누군가에게 당할 수는 없다며, 죽을힘을 다할 필요도 없었다.

그 탓에, 계속 한발 늦고 말았다.

그것이 기뻤고, 또한 아주 약간 슬펐다. 쥬가사키는 자신이 약해졌다고 생각하리라. 하지만, 그렇지 않다.

자신 탓에 원래 실력을 발휘하지 못하고 있다고 생각하겠지만— 반대다. 완전히 반대인 것이다.

—내 실력은 원래 이것밖에 안 된대이.

필사적으로 발버둥치고, 노력하며, 죽을힘을 다한 끝에, 이렇게 살아남았다.

미즈하를 위해서, 자신을 따르는 소녀들을 위해서, 혹은 대의를 위해서이기도 했다.

하지만, 그것도 곧 끝난다.

즐거웠던 전쟁놀이도, 이제 끝나는 것이다.

아니, 다른 이들은 변함없이 전쟁놀이를 계속하면 된다. 하지만, 자신은— 이제 끝났다.

종료, 폐업, 임종, 반딧불의 빛.

부채를 휘두르고, 휘두르고, 또 휘둘렀다. 쥬가사키는 그 세 번의 공격을 종이 한 장 차이로 피했다. 자신의 움직임이 읽히고 있는 듯한 느낌— 아니, 읽고 있는 것이 틀림없다.

수도 없이 영상 같은 것으로 카레하의 움직임을 연구했으리라. 자신이 이런 공격을 펼치면 이런 식으로 회피하며, 그 경우에는 이런 식으로 반격을 하도록 말이다.

눈물이 날 정도로 기뻤다.

영원토록 계속 싸우고 싶다는 생각이 드는 건 분명 기분 탓이 아니리라.

아아, 하지만—.

끝이 있기 때문에 시작이 있으며, 시작이 있기 때문에 끝이 있는 것이다.

반오인 카레하와 쥬가사키 레츠미가 시작한 싸움이, 곧 끝을 맞이한다.

"—무명천사 〈앵핵산화(櫻劾散華)〉 『소람(小嵐)』."

방패로 둘러싸인 결투장에서, 진정한 회오리가 현현됐다. 벚꽃잎이 흩날리고, 흩날리고, 또 흩날렸다.

카레하는 머리의 과녁뿐만 아니라 온몸을 찢어발길지도 모르는 진정한 기술을 주저 없이 펼쳤다.

그에 쥬가사키가 자신만만하게 웃었다.

"그 기술은 이미 간파했어!"

그녀는 그렇게 외치며 자신의 무명천사를 발동시켰다.

"—무명천사 〈철화풍뢰(鐵花風雷)〉! 기능……『포(砲)』."

기관총 같은 형태가 변했다. 구경이 더욱 커지더니, 총신 또한 포신으로 변했다. 쥬가사키는 그 거대한 대포를 설치한 후 크게 외쳤다.

"전원, 흩어져!"

히비키보다 지위가 높은 이가 위풍당당한 어조로 그렇게 외치자, 주위를 둘러싸고 있던 병사들이 순식간에 그 자리를 벗어났다.

쥬가사키는 알고 있었다. 카레하는 저 회오리를 만들어내기 위해 대량의 영력을 소비한다. 그래서 도망칠 수도 없는 것이다.

……평소라면 그래도 상관없다. 전력을 다할 때라면 저 꽃잎 하나하나가 면도칼처럼 상대의 몸을 찢겠지만…… 그렇지 않더라도 저 소용돌이에 휘말리면 그대로 지고 만다.

하지만, 쥬가사키에게는 저 회오리를 꿰뚫을 대포가 있었다.

회오리 너머는 보이지 않지만―.

"나는 알아! 카레하! 너는 분명 거기 있어! 발사! ^{파이어}쏴라! ^{파이어}꿰뚫어라!"

쥬가사키는 카레하가 어디 있을지 파악하고 있었다.

화포가 굉음을 내면서 거대한 물 탄환을 쐈다. 그 포탄은 회오리를 개의치 않으며 카레하를 향해 일직선으로 날아갔다.

"아――."

느낌으로 이해했다. 틀림없이 과녁에 명중― 구멍만 나는 게 아니라, 아예 벗겨져서 날아가 버리리라. 소용돌이가 서서히 사라졌다.

어느새 주위에 있던 모든 이들이 숨을 삼키며 지켜보고 있었다. 싸움을 멈춘 채, 그저 쳐다보고 있었던 것이다.

"아아⋯⋯."

반오인 카레하의, 지금까지 단 한 번도 찢겨진 적 없었던 과녁이 흔적조차 남기지 않고 사라졌다.

카레하는 차분함과 안도가 어린 어조로 말했다.

"내가 졌대이."

환성과 비명이 동시에 터져 나왔다.

"언니가⋯⋯ 졌어⋯⋯."

미즈하는 무너지듯 바닥에 주저앉았다. 사가쿠레 유이는 그런 그녀를 부축하면서 쿠루미에게 말했다.

"이것으로⋯⋯ 쥬가사키 레츠미가 호드의 도미니언이 되었습니다."

"그래요. ⋯⋯그럼 이제부터 반란군은 카레하 양이 되는 건가요?"

"예. 패배했으니, 카레하 님을 따르지 않는 이도 있겠습니다만⋯⋯."

그래도 종이 한 장 차이로 승부가 갈린 것은 틀림없었다.

게다가 이번에는 변칙적인 요소가 너무 많았다. 우연히 1승을 거뒀다고 해도 과언이 아니리라.

"⋯⋯하지만, 카레하 양은 퇴진하려는 것 같군요."

"예……?!"

유이와 미즈하는 허둥지둥 전장을 바라보았다.

카레하는 몸에 묻은 먼지를 턴 후, 쥬가사키와 마주했다. 하아 하고 가볍게 한숨을 내쉰 그녀는 어쩐지 환해보이는 표정으로 말했다.

"아아~, 결국 지고 말았대이."

"어때! 내가 이겼어!"

쥬가사키는 환하게 웃으면서 V사인을 날렸다. 그러자 카레하는 쓴웃음을 지으며 고개를 끄덕였다.

"그래. 니가 이겼대이. 반오인성, 아니, 쥬가사키 성을 넘겨주겠대이."

"뭐? 정말이야?"

쥬가사키가 고개를 갸웃거리자, 카레하는 더욱 어이없어했다.

"……니는 대체 뭐 때문에 싸우는기고?"

"그야…… 이기기 위해서 싸운 건데…… 그 뒷일은 전혀 생각하지 않았거든……."

카레하는 어이없다는 듯이 탄식을 터뜨렸다.

"뭐, 도미니언이 해야 할 일에 대해 하나하나 가르쳐주꾸마."

"어…… 내가 도미니언이 되는 거야?"

"니가 이겼으니 당연하다 아이가. 승리에는 책임이 뒤따르는 법이대이. 이기고도 얻을 수 있는 게 하나도 없다면, 니를 따르는 애들이 불쌍하지 않긋나?"

쥬가사키는 삐친 것처럼 고개를 돌렸다. 카레하는 그런 쥬가사키가 어린애 같다고 생각하며 웃음을 흘렸다.

"그럼 다들 잘 듣그라. 내는 졌대이. 정정당당하게 싸워서 박살이 **나삤기다**. 이 패배에 불복한다면, 자기 힘으로 쥬가사키 양한테 이겨야만 할기다."

주위에 있던 이들이 그 말을 듣고 술렁였다.

지금까지와는 승자와 패자가 완전히 뒤바뀌었기 때문일까, 다들 상황을 제대로 파악하지 못하고 있는 것 같았다.

어쩔 수 없이, 히비키가 손을 들며 물었다.

"저기…… 즉, 이제부터 어떻게 하면 되죠?"

"으음, 글쎄……."

카레하가 입을 열려던 순간, 그런 그녀를 제지하듯 쥬가사키가 이렇게 외쳤다.

"파티를 열자!"

"……파티?"

"그래. 우리가 이겼잖아. 그럼 이제부터는 오프사이드야!"

"……정확하게는 노 사이드 아닐까요?"

쿠루미가 약간 어이없다는 듯한 어조로 물었다. 쥬가사키는 그렇다고도 할 수 있지~ 라고 말하더니, 휘파람을 불며 시치미를 뗐다.

"으, 귀찮대이……."

카레하가 노려보자, 쥬가사키는 몸을 웅크렸다.

"아, 알았다! 알았어! 이건 사람이 책임을 지겠어. 좋아, 그럼 도미니언으로서 명령을 내리겠다. 반오인 쪽 애들과 다함께 파티를 열자!"

그 외침에 주위에 있던 이들은 약간 당황하면서도 환성을 질렀다.

전쟁은 끝났다. 어차피 곧 다시 시작되겠지만, 일대 이벤트가 끝났으니— 잠시 동안은 흥겨운 기분에 사로잡혀도 될 것이다.

◇

파티는 모래사장에서 열기로 했다. 방금까지 전투가 벌어진 들판에서 파티를 여는 건 정취가 없고, 반오인성에 전원을 수용할 수 없는 것이다.

하지만 모래사장에서는 바비큐 기분을 낼 수 있다.

여름이기도 하고, 다들 수영복 차림이다. 그리고 물총 같은 장난감도 있다.

처음에는 반오인 측이나 반란군 측 모두 거북해했지만, 서로를 죽이지 않았다는 사실 덕분에 그녀들도 마음에 여유가 있는 것 같았다.

이윽고 소녀들은 평범한 파티 기분을 내며 즐겁게 놀기 시작했다.

쿠루미는 히비키와 둘이서 파티장과 조금 떨어진 곳에서

이야기를 나눴다.

"이야~, 드디어 만났네요!"

"예, 오랜만이군요. 그런데 제 수영복이 찢어졌던 걸 기억하고 있나요?"

"……아뇨! 기억 안 나요!"

쿠루미는 물이 높은 곳에서 낮은 곳으로 흐르는 것처럼 자연스럽게, 그 기억에 대해 집요하게 캐물으려고 했다. 그에 히비키는 한시라도 방심하면 진다고 생각하며 마음을 단단히 먹었다.

"흐음……. 그건 그렇고, 무사히 끝났군요."

"저도 어깨의 짐을 내려놓았어요. 정말~, 대령 같은 건 이제 때려치우고 싶어요."

"그런가요? 제 생각에는 히고로모 대령으로서 이 호드에서 느긋하게 이기거나 지거나 하면서 지내는 것도 히비키 양의 적성에 맞을 것 같은데 말이죠."

"하하하. 설마요~."

히비키는 아까 파티장에서 만든 폭죽을 보여주면서 입을 열었다.

"참, 저와 같이 불꽃놀이 안 할래요?"

"풍취가 있군요. 좋아요."

쿠루미는 히비키가 내민 폭죽을 건네받았다. 불을 붙이자— 파란색, 빨간색, 노란색 등 다양한 색깔의 빛이 밤을 수놓았다.

"아하하하하! 즐~거~워~!"

히비키는 스파크 폭죽을 양손에 들고 빙글빙글 돌았다. 그녀의 기분이 한껏 들뜬 것은 전쟁이 끝났기 때문일까.

"정말, 폭죽 좀 휘두르지 마세요."

그렇게 말한 쿠루미도 스파크 폭죽을 흔들었다. 그녀는 글자를 적고 있었다.

하지만, 문제는 그 문자를 알아보지 못한다는 점이다. 이름, 이름이 도저히 생각나지 않았다. 뇌가 도려내진 것처럼, 그 사람의 이름만이……

"관둘래요. 긍정적인 생각이나 할래요."

건너편 세계로 이어지는 길은 아직도 멀고 험난하다.

하지만, 그 사람을 향한 마음은 전혀 퇴색되지 않았다.

그저— 이 따스한 곳에서 낮잠을 자고 있는 것처럼 평온한 세계가 자신을 방심시킨다. 이대로 이곳에서 기나긴 휴가를 보내는 것도 좋을 것 같다는 생각마저 들었다.

"히비키 양, 이제 그만 폭죽을 끄세요."

"힝~."

히비키는 투덜대면서도 쥐고 있던 스파크 폭죽을 물이 담긴 양동이에 집어넣었다.

"새롭게 도미니언이 된 쥬가사키 양에게 네차흐로 이어지는 문을 열어달라고 부탁하러 가죠. 이곳에…… 너무 오래 머물렀다간 나태해질 것 같군요."

"윽……. 쿠루미 씨가 아픈 곳을 찌르네요."

호드는 다른 영역에 비해 압도적일 정도로 즐겁다.

격렬한 훈련조차도 땀을 실컷 흘릴 수 있을 정도이며 딱히 힘들지는 않다. 살생을 저지르지도 않고, 노래를 부르지도 않으니 정신적인 피로도 덜하다.

게다가— 여기는 항상 여름이다.

무더운 여름이 쭉 계속 된다. 얼마든지 쉬어도 된다고 이 영역 전체가 속삭이고 있는 것 같았다.

참매미가 우는 낮도, 저녁매미가 우는 저녁도, 정적이 감도는 밤도, 전부— 여름방학을 떠올리게 했다.

"아, 쿠루미 씨. 불꽃이에요, 불꽃!"

"불꽃놀이는 방금 했잖—"

히비키가 쿠루미의 머리를 바다 쪽을 향해 억지로 돌렸다. 그러자, 쿠루미는 히비키가 한 말의 의미를 이해했다.

"……저런 불꽃을 언제 준비한 거죠?"

"저건 예전부터 이겼을 때를 위해 챙겨뒀던 거래요. 바다 건너편에서 승전보를 전해 들은 후방대기 인원이 창고에서 꺼내서 쏘는 것 같아요."

밤하늘에 커다란 해바라기가 피었다. 초특대 폭죽을 쏘아 올린 것이다.

소녀들이 환성을 질렀다.

이제 더 이상 반오인 측도, 반란군 측도 상관없었다.

그저 저 폭력적일 만큼 화려한 아름다움을— 쳐다보기만

해도 마음이 벅찰 것이다.

"자, 가죠."

"어? 끝까지 안 보고요?"

"볼 필요가 없으니까요."

쿠루미는 마음속으로 덧붙였다. 같이 보고 싶은 사람이 이 세계에는 존재하지 않는 것이다.

무엇보다— 하늘을 수놓은 불꽃이 너무 아름다워서, 계속 쳐다봤다간 이대로 멈춰서고 말 것만 같았다.

"쥬가사키 양은 어디 계시죠?"

쿠루미는 환성을 지르며 불꽃을 바라보고 있는 반란군의 준정령에게 말을 건넸다.

"리더라면 요새 너머에 있는 찻집에서 반오인 카레하와 이야기를 나누고 있는 것 같아."

"어머."

『흠, 쥬가사키 님을 만나러 갈 것이오?』

모래사장에 누워 있던 스페이드가 불쑥 몸을 일으켰다.

"예, 그래요. 스페이드 씨도 같이 가겠어요?"

히비키의 말에 스페이드는 고개를 끄덕였다. 아니, 정확하게는 트럼프를 약간 굽혔다.

『여기는 위험하니…… 그러겠소이다…….』

유심히 보니, 스페이드의 몸 곳곳이 까맣게 탔다. 아마 불꽃놀이의 불똥이 튄 것이리라.

밤하늘에,

커다란 해바라기가 피었다.

순식간에 하늘로 올라간

그 꽃의 빛이,

하늘을 가득 수놓았다—.

"종이는 쉽게 타니까요⋯⋯."

『하다못해 플라스틱이면 좋겠소이다⋯⋯!』

트럼프는 무너지듯 무릎을 꿇었⋯⋯ 아니, 아랫부분을 굽혔다.

◇

준정령들이 소멸되어 갔다. 마지막까지 미련을 남기고, 끝까지 원한을 부여잡으면서⋯⋯.

하지만 반오인 카레하는 그런 것에 신경 쓸 여유가 없었다.

"레츠!"

부리나케 뛰어가서, 안아 일으켰다. 그녀의 피부가 너무나도 차가웠기에, 가슴이 서늘해졌다.

영장이 사라져갔다.

"정신 차리그라! 응?! 레츠! ⋯⋯레츠!"

기습이었다.

카레하는 쥬가사키를 찻집으로 불렀다. 이 가게의 준정령도 바비큐에 참가했기 때문에 가게는 불이 꺼져 있었으며, 그저 정적만이 감돌고 있었다.

"으음~. 오랜만에 카레하와 함께 시끌벅적하게 놀고 싶었는데 말이야."

"내도 그러고 싶지만, 그전에 전해야만 하는 게 산더미처럼 있대이."

새로운 도미니언으로서 해야 할 일과 긴급사태 발생 시 대처법, 각 영역의 도미니언과의 관계, 그 외 기타 등등…….

"귀찮아~."

"그런 소리 하지 말그라. 이건 느그들이 다시 반란군이 되어 삐면 호드의 균형이 무너질 거대이. **이겨도 의미가 없다면** 주위에 있는 애들을 빈껍데기로 만드는 거나 다름없다 아이가."

쥬가사키는 삐친 것처럼 볼을 부풀렸다. 그렇게 귀찮다고 떠들면서도 열심히 메모를 하고 있었다.

"다음부터는 방어전이대이~. 방식이 완전히 달라질 기다."

"그렇게 다른 거야?"

"다르대이~. 어떻게 다르냐면…….."

"아~, 이야기가 길어질 것 같은 데다 직접 하나하나 알아가야 할 부분 같으니까 됐어. 패스할래."

이번에는 카레하가 삐친 듯한 반응을 보였다. 하지만 쥬가사키는 개의치 않으면서 목소리를 높였다.

"그건 그렇고, 이렇게 이야기를 나누는 것도 참 오랜만이네!"

"그렇대이. ……뭐, 느그가 툭하면 우리한테 깨졌기 때문이지만 말이재."

카레하가 놀리는 듯한 어조로 그렇게 말하자, 쥬가사키는 고개를 휙 돌렸다.

"그래도 이번에는 이겼거든?"

"그른가요~. 참 대단합니대이~."

그때, 펑 하는 큰 소리에 두 사람은 화들짝 놀라면서 밖을 쳐다보았다.

모래사장 너머, 반란군의 영토에서 하늘을 향해 거대한 폭죽이 쏘아졌다.

"아……." "와아……."

두 사람은 함께 탄사를 터뜨리더니, 곧 그게 웃긴지 웃음을 터뜨렸다.

"저런 걸 가지고 있었던 기가?"

"언젠가 쓸 날이 찾아올 거라 믿으면서 쭉 보관해뒀어!"

쥬가사키는 그렇게 말하며 가슴을 폈다. 카레하는 그런 쥬가사키의 미소가 왠지 눈부셔 보였다.

"그런데, 호드의 계절은 카레하가 컨트롤하고 있는 거지?"

"그렇대이."

"그럼…… 여름에서 가을로 바꿔도 괜찮은 거야?"

쥬가사키가 느긋한 어조로 그렇게 묻자, 카레하는 주먹을 말아 쥐며 슬픈 듯이 미간을 찌푸렸다.

"미, 미안해! 못 들은 걸로 해줘!"

그 모습을 본 쥬가사키가 허둥지둥 사죄했다. 하지만 카레하는 천천히 고개를 저었다.

"……계절을 바꾸는 건 괜찮대이. 그래도 조금만 기다려주면 안 되겠나?"

"조금만?"

"그렇대이. 조금만 더 여름에 젖어있고 싶은 기다."

"꽤 오랫동안 여름이었던 걸로 기억하는데……."

"내는 여름을 좋아하그든."

"그렇게 후덥지근한 복장을 하고 있으면서 말이야?"

"안 그렇대이. 의외로 꽤 시원하다 아이가."

카레하가 그렇게 말하며 웃었다. 그러자 쥬가사키는 미심쩍은 표정으로 카레하를 쳐다보며 입을 열었다.

"그럼 포옹 좀 해볼게."

쥬가사키는 카레하의 대답도 듣지 않고 그녀를 확 끌어안았다.

"어? 뭐하는 기고! 빨리 떨어지그라!"

"으음…… 확실히 열기는 안 느껴지네."

"그렇재? ……이제 그만 떨어져도."

"좋은 샴푸를 쓰나 보네~."

"이익, 기분 나쁘대이! 떨~어~지~그~라~!"

카레하는 부채로 쥬가사키의 턱을 밀어댔지만, 그녀는 꼼짝도 하지 않았다. 이윽고 카레하는 체념한 것처럼 몸에서 힘을 뺐다.

"……저기, 카레하. 나한테 숨기고 있는 게 있지?"

쥬가사키가 느닷없이 그런 말을 꺼냈다. 그 말이 심장에

꽂히자, 소녀는 희미하게 몸을 떨었다.

"……있긴, 하대이."

"말하고 싶지 않은 거야, 말할 수 없는 거야? 나를 신뢰하는 거야, 신뢰하지 않는 거야?"

"말하고 싶지 않지만, 신뢰는 하고 있대이."

카레하가 그렇게 대답하자, 쥬가사키는 그런 그녀에게서 떨어졌다.

"으음, 그럼 됐어. 참고로 나는 비밀이 하나도 없어!"

"응. 그건 내도 알고 있대이."

"나, 너한테 신뢰받고 있구나!"

쥬가사키가 보는 이들도 마음이 훈훈해질 듯한 미소를 짓자, 카레하도 덩달아 미소를 지었다.

희망을 품고 말았다. 희망에 매달리고 싶어졌다. 그런 게 존재할 리 없는데 말이다. 그래도, 카레하는—.

"……사실, 내는 말이재."

마치 쥐어짜낸 듯한 목소리였다. 이 순간, 반오인 카레하는 한없이 무방비에 가까웠다.

그 순간, 물총이 아니라, 살생을 위한 무명천사의 미세한 동작음이 들렸다.

"엎드려!"

쥬가사키가 카레하를 밀쳐냈다. 다음 순간 들려온 다섯 개의 총성은 카레하가 아니라 쥬가사키를 꿰뚫었다.

눈앞이 붉게 물들었다. 희망이, 소리를 내며 무너져갔다.

"아직 멀었다! 해치워!"

예전에 토키사키 쿠루미가 말했다. 자신을 죽이려 하는 준정령이 반란군 측에 있다고 말이다. 카레하는 몰랐지만, 그 준정령의 이름은 토도였다.

그 즐거운 전쟁에도 참가하지 않고, 자신을 죽이면 호드에 평화가 올 거라는 착각에 빠지고 만 소녀들이다. 누군가가 그녀들을 그렇게 부추긴 걸까.

어찌 됐든 간에, 그녀들은 예전에 자신들의 리더였던 쥬가사키조차 장애물로 여기며 배제했다. 뭐가 어찌 되었든 간에, 그런 행동만큼은 절대 용서할 수 없었다.

"반오인 카레하! 호드의 평화를 위해, 지금 이 자리에서 너를 해치우겠다!"

"……그랬나. 그럼, 박살이 나버리그라!"

영력을 응축시켜 만든 수많은 탄환이 발사됐다. 그것은 물총이 아니라, 살상을 목적으로 한 무기였다. 하지만, 그것은 카레하의 목숨을 앗아가기에는 너무나도 미약했다.

"〈앵핵산화〉―『천우(天牛)』."

벚꽃의 파편 하나하나가 생명체인 것처럼 꿈틀거리면서 그 다섯 명을 감쌌다.

"이건……?!"

주저 없이, 냉혹하게, 반오인 카레하의 무명천사가 다섯

명을 박살냈다. 카레하는 그와 동시에 그녀들에게서 관심을 껐다.

"레츠!"

카레하의 절규가 울려 퍼졌다.

토키사키 일행은 찻집으로 이어지는 길을 느긋하게 걸었다.

"아, 쿠루미 씨. 카레하 씨와 쥬가사키 씨 말인데—."

"절친한 사이라면서요? 이야기는 들었답니다."

"서로를 적대시하며 싸울 수밖에 없다니…… 정말 괴로울 것 같아요."

"언젠가 다시 예전처럼 지낼 수 있기를 빌 수밖에 없겠군요……."

어찌 되었든 간에, 카레하는 쥬가사키와 작별할 수밖에 없다. 그것은 쥬가사키에게 있어, 매우 충격적인 일이리라.

"……여름도 곧 끝나는 거네요."

히비키가 문득 생각난 듯한 어조로 그렇게 중얼거렸다.

『도미니언이 바뀌면, 계절이 바뀌는 것이오?』

"바뀔지도 몰라요. 이 계절은 카레하 양의 뜻에 의해 정해진 거라니까요."

"하지만 겉모습만 보면 카레하 씨는 여름이 어울릴 것 같지 않기는 해요~. 항상 기모노를 입고 있잖아요."

"저도 여름이 어울리지 않는 편이지만, 여름을 좋아한답니다."

"그런가요?"

"예. ……이유는 모르겠지만, 호드에 도착하고 깨달았죠.
저는 여름을 좋아해요."

여름을 원래부터 좋아한 것일까. 아니면 어떤 이유로 좋
아하게 된 것일까.

만약 후자라면― 그 이유는 대체 무엇일까.

그 답은 애매모호해서, 알 것 같으면서도 알 수가 없었다.

"그런가요~. ……저는 빨리 가을이 되는 편이 지내기 쉬
울 것 같다는 생각이 들어요."

히비키는 약간 삐친 듯한 어조로 그렇게 중얼거렸다.

『계절에도 질투를 하다니, 준정령은 참 부담스러운 존재이
올시다…….』

"질투하는 게 아니거든요?!"

"―레츠!"

그때, 찻집 쪽에서 카레하의 비명이 들려왔다.

쿠루미는 그 비명을 듣자마자 내달렸고, 히비키는 그런 그
녀의 뒤를 따랐다. 스페이드도 뒤늦게 내달리기 시작했다.

불길한 예감이 쿠루미의 가슴 속에서 샘솟았다.

순간, 반오인 카레하가 쿠루미에게 고백한 내용이 떠올랐다.

―내는 목적이 약간 어긋나고 말았대이.

―이대로 계속 싸우다간, 엠프티가 되고 말끼다.

―남들이 그걸 알면 괴로워할 거대이. 그러니 내가 엠프티가 되는 건 비밀로 해도.

―그래서 엠프티가 되기 전에 화려하게 지고 싶다고 생각한대이.

―아, 그래도 일부러 지는 건 싫은 기다. 전력을 다해 싸우고, 전력으로 지고 싶대이.

―그 다음에, 호드를 떠나는 편이 좋을지도 모르겄다.

카레하는 꿈에 빠져든 듯한 어조로 그런 말을 입에 담았다. 그런데, 무슨 일이 일어났다. 일어나선 안 될, 치명적인 무언가가 말이다.

"카레하 양!"

"토키사키 양……."

그곳에는 피범벅이 된 쥬가사키를 끌어안고 있는 카레하가 있었다.

"윽…… 〈자프키엘〉― 【네 번째 탄환^{달렛}】!"

쿠루미는 재빠르게 반응했다. 카레하가 무슨 말을 하기도 전에, 쥬가사키에게 시간을 되감는 탄환을 쏜 것이다.

쥬가사키의 몸에 생긴 상처가 아물고, 피 또한 그녀의 몸

안으로 되돌아갔다.

하지만—.

"레츠……?! 레츠, 일어나 보그라…… 제발 일어나도……."

"좀…… 늦은 걸지도 모르겠군요."

토키사키 쿠루미를 비롯해, 인계에 존재하는 준정령들의 육체는 엄밀히 말하자면 피와 살로 이뤄져있지 않다. 영력이 육체를 구성하고, 온갖 물질을 형성하고 있는 것이다.

그래서 미간에 구멍이 나더라도, 심장이 부서지더라도, **그것이 사망 원인이 되지는 않는다.** 하지만, 준정령은 영결정세피라의 파편을 핵으로 삼아서 움직이는 생명체다.

세피라의 파편은 준정령의 육체 및 정신의 설계도 같은 것이며, 이것이 영력을 준정령의 육체로서 구성한다. 이 인계에서 손가락에 상처를 입는다는 것은 외상을 파악한 세피라의 파편이 『손가락에 상처가 났다』라는 정보를 육체에 부여한 것이다.

물론, 치료를 하면 『몸에 난 상처가 나았다』는 것으로서 육체는 간단히 복구된다. 하지만, 지금 문제인 점은 쥬가사키가 지닌 세피라의 파편에 과연 어떤 정보가 새겨졌느냐, 다. 만약 『총에 맞고 사망했다』라는 정보가 새겨졌다면, 아무리 시간을 되감은들 허사다. 죽음을 선택한 자에게, 삶을 부여하는 것은 무리니까 말이다.

그런 의미에서 본다면, 쥬가사키 레츠미는 생사의 고비에서 있었다.

세피라의 파편이 죽음을 새길지, 아니면 삶을 선택할지, 그 틈새에서 흔들리고 있는 것이다. ……그것을 결정하는 건 바로 쥬가사키 레츠미였다.

"건너편 세계에 비유하자면 혼수상태예요. 눈을 뜰지, 이대로 사라져버릴지, 그 가능성은 반반이죠."

"……레츠는, 내를 감싸다……."

카레하는 아연실색하며 무릎을 꿇었다. 그녀의 머리카락이 밤바람에 휘날리며 색깔이 변해갔다.

"대체 무슨 일이—."

그때, 모래사장에서 허둥지둥 이곳으로 뛰어온 반란군과 반오인군이 함께 최악의 광경을 보았다.

쿠루미는 자신의 실수를 통감하며 혀를 찼다. 카레하의 비명이 들린 순간, 가장 먼저 해야 할 일은 바로 히비키와 스페이드를 모래사장으로 보내서 상황이 진정될 때까지 다른 이들이 이곳으로 오지 못하게 막는 것이었다.

하지만, 이미 늦었다.

그녀들은 보고 말았다.

쓰러진 쥬가사키 레츠미, 그리고 그런 그녀를 안고 있는 반오인 카레하, 그리고 찻집에 남아 있는 전투의 흔적. 그리고 무엇보다, 카레하의 윤기 넘치는 흑발이 새하얗게 변해가고 있었다.

아마 쥬가사키 레츠미는 카레하에게 있어 마지막 쐐기였으리라. 그녀가 있었기 때문에, 카레하는 엠프티가 되지 않았다.

하지만, 그 쐐기가 부서지고 말았다.

게다가 운이 나쁘게도, 쿠루미와 히비키, 스페이드 이외의 모든 이들이 이 상황을 보고 오해를 하고 만 것이다.

"……카레하 님, 당신이…… 당신이, 쥬가사키 님을……?"

해서는 안 될 그 말을, 누군가가 입에 담았다.

"입 다무세요!"

주저 없이 그렇게 외친 쿠루미는— 벌떡 일어서더니 하늘을 향해 〈자프키엘〉을 쐈다.

"카레하 양은 저에게, 쥬가사키 양을 살려달라고 애원했어요. 말도 안 되는 억측은 하지 말아 주세요. 유언비어로 카레하 양을 헐뜯는 건, 쥬가사키 양을 헐뜯는 거나 다름없어요."

"……쿠루미 씨!"

히비키가 절박한 목소리로 외치자, 쿠루미는 또 자신이 잘못된 선택을 했다는 사실을 눈치챘다. 쿠루미가 가장 먼저 제지했어야 하는 사람은 바로 다름 아닌 반오인 카레하인 것이다.

"언니!"

방금까지 모래사장에 있었던 미즈하가 소리쳤다. 그 순간,

이 자리에 있는 모든 이들이 미즈하의 시선이 향하고 있는 곳을 쳐다보았다.

카레하는 찻집 지붕에 올라가 있었다. 아름다웠던 그녀의 흑발에서 점점 색이 빠져나갔다. 그리고 달빛을 받은 그녀의 머리카락이 백은색으로 빛났다. 단정하던 기모노 또한 흐트러져 있었다.

처절했다.

처절할 정도로, 아름다웠다.

"도망치는 건가요?"

쿠루미가 말을 건네자— 카레하는 빙긋 웃으며 고개를 끄덕였다.

"내가 한 짓이 아니라고 말해봤자, 믿어줄 리가 없다 아이가."

"이 상황에서 도망쳤다간, 의심이 확신으로 변할 텐데요?"

"……괜찮대이. 나는 그렇게 되도 괜찮은 기다."

쿠루미는 아아 하고 탄식을 터뜨렸다.

"저의 적이 될지도 모르겠군요."

"그게 타당할지도 모르겄다. 나는 **빈껍데기**대이. 마지막에는 화끈하게 지는 것도 나쁘지 않을 기다."

"……그런 헛소리에 어울려줄 생각은 없답니다."

"안 돼요, 언니! 자포자기하지 마세요……!"

"아니대이. **나는 적이 될 수밖에 없는 기다.** ……나중에 보재이."

카레하가 부채를 펼치자, 곧 벚꽃이 눈보라처럼 주위에 흩날렸다. 다행히 공격력은 지니지 않았다. 하지만, 흩날리는 꽃의 양이 압도적이었다.

쿠루미는 찻집 지붕으로 올라가서 주위를 둘러봤지만—카레하의 모습은 보이지 않았다.

너무나도 안타까운 정적이 감돌았다. 마치 집단 괴롭힘의 현장을 목격한 제삼자가 된 것 같은 그런 기분이 들었다. 원인은 모두에게 있지만, 누구 한 명도 잘못이 없다는 점이 최악이다.

카레하는 허무를 품은 채, 모습을 감췄다.

주위에 있던 이들은 그 행동을 통해 그녀가 범인이라 단정 지었다.

"……정말, 정말 화나는군요."

그리고 쿠루미는 쫓아가지 않았다.

쌀쌀한 바람이 이 자리에 있는 모든 이들을 휘감고 지나 갔다.

여름이— 곧 끝나려 하고 있었다.

○옛날이야기

—가라앉고 있다.

다리가 잡아당겨지고 있다. 괴롭다. 견딜 수 없을 만큼 괴롭다. 푸른색을 띠고 있던 시야가 검은색으로 변했다. 마치, 심해로 끌려가고 있는 것만 같다.

숨을 쉴 수 없다. 목소리를 낼 수 없다.

……아아, 하지만— 그것을 기분 좋게 여기는 자신이 마음 한편에 존재했다.

익사해라. 새하얗게 표백된 후, 허무의 그릇을 환희로 가득 채워라.

그분을 위해 죽어라, 그분을 위해 내던져라, 그분을 위해 받아들여라.

목소리가 벌레처럼 귓속으로 기어들어왔다.

환각, 환청, 그렇게 여기려했지만 무리였다. 자신이 오염되어 가는 것을 알 수 있었다. 그리고 그것은 고통이 아니라, 쾌감을 동반했다.

"……윽!"

정신이 들었다.

자신이 올바른 의식을 유지하고 있는지, 우선 확인했다.

내 이름은 반오인 카레하. 동생의 이름은 반오인 미즈하. 적의 이름은, 적, 적의 이름은—

"퀸……. 내, 적은, 그 여왕이대이."

오늘도, 어제와 똑같은 자신을 유지하고 있다.

하지만, 논리를 담당하는 자신의 일부가 냉정하게 알려준다.

자신의 적, 자신이 증오해야만 하는 적, 없애야 할 적을 떠올리는 데, **1분 이상 걸렸다.**

어제는 5초 만에 그 인식에 도달했다.

하지만 오늘은 1분이나 걸렸다. 환경의 변화만으로는 이런 시간차가 발생하지 않는다.

"……단숨에…… 진행된 기가……."

엠프티화. 허무의 소녀가 되어, 퀸에게 예속되는 신도가 된다.

카레하는 한숨을 내쉬면서 자신이 처한 환경을 확인했다. 그녀는 지금 호드 외곽, 누가 만든 건지 모르는 다 쓰러져 가는 폐가에 있었다.

"뭐, 됐대이. 자…… 그럼 죽으러 가보까."

……실은, 찾아볼 생각이었다.

새로운 삶의 보람, 생존 권리를 획득하기 위한 꿈, 혹은 단순히 자유로운 무언가를 말이다.

하지만, 아무래도 자신의 운명이란 것은 **그것을 용납하지 않는 것** 같았다.

"뭐, 어쩔 수 없을 거대이."

몸을 일으켰다. 그녀가 은근히 자랑스럽게 여기던 흑발은 약간의 앞머리 이외에는 전부 흰색으로 변하고 말았다.

"……레츠는 무사할까."

토키사키 쿠루미가 시간을 되감은 덕분에 소멸은 면했다. 하지만 그 후에 어떻게 되었는지는 알지 못한다.

살아남았을까. 아니면 소멸했을까.

그것조차 알지 못하는 자신의 처지가, 아주 약간이지만 원망스러웠다.

"─반오인 카레하 씨."

자신을 부르는 목소리에 고개를 돌렸다. 엠프티들이 폐가의 현관 앞에 서서 미소를 짓고 있었다. 그 숫자는 생각보다 많았으며, 머리카락과 용모가 다르기는 해도 하나같이 『표백』되어 있었다.

그중 한 명이 앞으로 나서면서 두 팔을 벌렸다.

"마중 왔습니다. 퀸의 소리 없는 한탄을 들으셨죠?"

그녀들이 어떻게 자신이 있는 곳을 안 건가, 그녀들은 어디에 있었는가, 같은 궁금증이 마음속에서 샘솟았다. 하지만, 적개심은 생겨나지 않았다. 지금의 자신은 엠프티를 동족이라고, 마음 한편으로 인정하고 있는 것이다.

"아아, 그런 기가."

"이 영역도 언젠가 퀸께서 지배하실 겁니다. 그때야말로, 카레하 씨가 다시 도미니언의 자리에 오를 수 있을 것입니다."

바보 같은 소리로 치부하는 건 간단했다. 하지만, 그녀의 제안은 거부하기 힘들 정도로 매력적이었다.

"그래. 도미니언이 될 수 있는 기가."

"될 수 있고말고요. 저희는 헌신을 통해 만족이라는 행복을 얻는 거예요."

"……만족……."

"갈증을 느끼고 있죠? 굶주리고 있죠? 빈껍데기가 되는 게, 무섭죠?"

갈증을 느낀다.

굶주리고 있다.

허무가 무섭다.

모두, 그녀들의 말대로다.

"내는…… 어떻게 하면 되노?"

"퀸을 위해, 소멸시키는 거예요. 왜냐하면 이 인계는 **존재해선 안 되는 세계이니까요.**"

"……버텨냈다.

하마터면, 완전히 넘어갈 뻔했다.

하지만, 엠프티는 말실수를 하고 말았다.

"—그렇지 않대이."

"예……?"

"이 세계는, 그 어떤 악의에 의해 만들어졌든…… 기적 그 자체인기다. 왜냐면, 내가 여기에 있기 때문인기다. 내가 이곳에서, 여름을 만끽하고 있다는 것 자체가 기적이대이. 그러니, 내 남은 인생은 전부 덤이나 마찬가지인기다."

"무슨, 소리를—."

"고맙대이. 니들 덕분에 내가 어째야 할지 깨달을 수 있었다 아이가. —그럼 잘 가그라."

엠프티들이 보는 앞에서, 반오인 카레하는 부채를 펼쳤다.

"빈껍데기가 되었다고 해서, 내가 니들한테 질 리가 없다아이가."

무명천사 〈앵핵산화〉.

면도칼처럼 날카로운 꽃잎 하나하나가 엠프티들을 덮쳤다.

"어, 어째서……?!"

"니들은 이 인계가 얼마나 멋진 곳인지 모를 거대이."

카레하의 시선은 얼음장처럼 차가웠다.

엠프티들은 자신들이 실수를 범했다는 것을 깨달았다. 반오인 카레하는 빈껍데기가 되었지만, 그녀라는 그릇 자체가일그러져 있는 것이다.

"이런…… 기분 나쁜 세계에…… 어떤…… 가치가……."

"미즈하가 살아있는 기다. 단지, 그것만으로— 이 인계에는 천금의 가치가 있대이."

엠프티들은 카레하가 한 말을 제대로 이해하지 못한 채, 목숨을 잃었다.

카레하는 숨을 한 번 내쉰 후, 말을 이었다.

"자, 그럼 죽으러 가보까."

◇

"자, 당신의 바보 언니를 원상태로 되돌리려면, 대체 어떻게 하면 될까요."

쿠루미는 팔짱을 끼고 생각에 잠겼다.

반오인 미즈하는 그 말을 듣고 아연실색했다. 이곳은 『옛』 반오인성의 최상층이며, 쥬가사키 레츠미는 이부자리에 누워 있었다. 쿠루미, 히비키, 스페이드, 그리고 미즈하는 그 이부자리에 둘러앉아 있었다.

"······죽이지 않을 건가요?"

"빈사 상태로 만들기는 해야 할지도 모르지만 말이죠."

현재 상황은 거의 최악이나 다름없었다.

호드의 준정령들은 뭘 하면 좋을지도 몰랐다. 자신들을 이끌던 리더 두 명이 동시에 사라졌으니 무리도 아니다.

특히 반오인 측은 심각했다. 패배했을 뿐만 아니라, 자신들이 믿었던 리더가 엠프티로 변하고 만 것이다. 아주 약간이지만 엠프티화가 진행된 준정령도 있는 것 같았다.

이대로 방치해뒀다간, 그녀들은 바닥없는 늪에 빠져들듯 엠프티화가 진행될 것이다.

이런 상황 속에서, 히고로모 히비키와 반오인 미즈하가 주목을 받게 됐다. 일시적으로 리더를 대행하게 된 그녀들은 카레하의 수색 및 네차흐와 예소드에 사자(使者)를 보내기로 결정했다.

언니인 카레하가 엠프티화하기는 했지만, 미즈하는 예소드의 도미니언이기에 어느 정도 신뢰를 받고 있었다.

하지만, 카레하가 다시 도미니언이 되지는 못할 것이다.

그러니 일단은 쥬가사키 레츠미가 깨어나기를 바랄 수밖에 없는 상황이었다.

한편, 카레하를 방치해두는 것도 좋은 선택지는 아니었다. 한시라도 빨리 찾아내서 쓰러뜨려야 할 필요가 있었다.

"엠프티화를 막기 위해, 사투를 벌인다…… 모순되는 행동이지만, 그것이 지금 상황에서 가장 카레하 양을 위한 행동일 것 같군요."

"말쿠트의 방식인가요. ……하지만 다른 방법이 생각나지 않는군요. 그것 말고도 카레하 씨가 원하는 것을 안다면 이야기가 달라지겠지만요."

예전에 엠프티였던 히비키가 쿠루미의 말에 동의했다.

『그렇지만…… 저만큼이나 엠프티화가 진행되었다면 돌이킬 수 없지 않겠소이까?』

스페이드의 지적에 히비키는 생각에 잠겼다.

"……극적인 만남을 가진다면, 가능성은 있을 거예요."

예전에 히비키가 그랬다. 당시, 죽기 일보 직전이었던 그녀는 어떤 준정령에게 구원받았다.

그녀를 떠올리기만 해도, 가슴이 찢어지는 것처럼 아파온다.

"그렇다면, 믿을 사람은 쥬가사키 양뿐이겠군요. 저의【달렛】으로 상처는 아물었지만, 그녀의 정신이 돌아오지 않아서야……."

쥬가사키는 여전히 잠에 빠져 있었다.

"……끄집어낼 수밖에 없겠네요."

히비키가 말했다. 그 말에는 희미한 긴장이 묻어났다.

『끄집어낸다, 라…… 대체 어떻게 말이오?』

"저의 〈킹 킬링〉으로 기억에 침입해서, 자극하는 거예요."

"……히비키 양은 그런 능력도 지니고 있었나요?"

"없어요. ……스마트폰으로 못을 박는 거나 다름없는 짓이에요. 하지만 저의 무명천사는 기억을 빼앗고, 육체를 모방하는 힘을 지녔죠. 그 힘이 발동하는 순간, 분명 준정령의…… 혼 같은 것에 접속한다고 생각해요."

막연하고 애매모호한 표현이지만, 히비키의 말에는 명백한 무게가 존재했다.

"……구체적으로 어떻게 진행되죠?"

쿠루미의 물음에 히비키는 복잡한 표정을 지었다.

"그게 말이죠……. 〈킹 킬링〉을 써서 제가 쥬가사키 씨를 강탈하기 직전, 그걸 억지로 해제하는 거예요."

"어머, 어머. 꽤나 불온한 느낌이 감도는 방식이군요. 히비키 양이 감수해야 하는 디메리트를 솔직하게 밝혀주세요."

쿠루미가 얼음장 같은 시선으로 쳐다보자, 히비키의 등을 타고 식은땀이 흘렀다.

"우선…… 지금 쥬가사키 씨의 상태에서는 강탈이 성공할지도 몰라요. 즉, 저와 쥬가사키 씨가 뒤바뀌는 거죠. 그렇게 되면 제가 사라지고 말 거예요. 그리고, **강탈 직전에 해제하는 것도**…… 해본 적이 없어서 가능한지 모르는 데다, 그런 상태의 제가 어떻게 될 것인지도 몰라요. 솔직히 말해 꽤나 위험하죠."

"히비키 양의 느낌으로 볼 때, 성공률은 어떻게 되죠?"

"3…… 아니, 2할 정도……."

"절대 안 돼요. 적어도 8할 이상이 될 수 있도록 재고해주세요."

쿠루미는 딱 잘라 그렇게 말했다. 디메리트가 너무 컸다. 물론 쿠루미도 쥬가사키를 구하고 싶다. 하지만, 무모한 작전에 히고로모 히비키를 투입할 만큼 어리석지도 않았다.

"……쥬가사키 씨와 절친한 누군가와 공동 작업을 한다면, 성공할지도 몰라요."

"쥬가사키 양과 절친한 분, 이라면—."

그런 사람은 즉, 반오인 카레하였다.

"……정리가 됐군요. 쥬가사키 양을 살리기 위해서는 카레하 양을 구해야만 하며, 카레하 양을 구하기 위해서는, 엠프티화를 막아야만 하는 건가요."

"그것도, 죽이지 않고…… 말이에요."

"쿠루미 씨, 성공률은 어떻게 되나요?"

히비키가 아까 자신이 받았던 질문을 그대로 되돌려줬다.

"10할이에요. 반드시 카레하 양을 산 채로 이곳으로 데려오겠어요."

토키사키 쿠루미는 자신만만하게 웃었다. 그 미소는 주위의 긴장을 풀어줬다.

그녀라면 반드시 해낼 것이다. 불가능은 없다. 적어도, 히비키는 그렇게 확신하고 있었다.

『그렇다면, 이제 카레하 님이 발견되기만 기다리면 되겠소이다.』

"하지만, 성과는 좋지 않은 것 같군요. 사가쿠레 양도 도와주고 있지만—"

바로 그때, 타이밍을 재기라도 한 것처럼 스마트폰의 메시지 어플리케이션을 통해 연락이 왔다.

사가쿠레 유이가 반오인 카레하를 발견한 것이다.

◇

유이가 그 폐가를 발견한 것은 단순한 우연이 아니라, 정밀한 분석과 논리에 근거했다.

우선, 카레하가 바다 건너편에 갔을 가능성은 낮다. 그러기 위해서는 찻집에서 요새를 통과한 후, 모래사장에서 바다를 횡단해야 하는 것이다.

카레하가 찻집의 옥상에서 모습을 감추면서 사방으로 꽃잎을 흩뿌렸지만, 그 자리에 있던 준정령들 전원이 그녀가 바다를 건너는 것을 눈치채지 못했을 가능성은 낮다.

그렇다면, 카레하는 당연히 반오인성이 있는 방향으로 나아갈 것이다. 그리고 성 안으로 들어가지 않고, 뒤편에 있는 산악지대로 향하리라.

다소 위험하기는 하지만, 울창한 삼림은 카레하를 숨겨줄 것이 틀림없다.

하지만, 분석을 통해서는 거기까지만 파악했다. 그 후로는 직접 수색을 할 수밖에 없었다. 유이는 미즈하에게서 지시를 받은 준정령들과 협의한 끝에 눈금 수색을 하기로 했다.

산악을 눈금으로 나눈 후, 그 구역을 하나하나 탐색해 나갔다. 그러다 폐가를 발견한 것이다.

"……냄새가 나."

죽음의 향기라고 하기에는 너무나도 흐릿한 향기였다. 평범한 준정령은 맡지 못하겠지만, 유이는 닌자이자 자동인형이기에 알 수 있었다.

이곳에서 전투……라고 부르기에는 일방적인 살육이 벌어졌다. 여러 생명이 순식간에 짓밟혔으리라.

"여기구나."

유이는 지면에 존재하는 발자국을 발견했다. 누군가가 폐가를 나서고 얼마 지나지 않았다. 이 발자국을 쫓아간다면, 그 누군가를 발견할 가능성이 컸다.

유이는 결단을 내리고 폐가를 나섰다.

나무 위로 이동해 나뭇가지에서 나뭇가지로 뛰어넘어갔다. 지상에는 아직 발자국이 남아 있었다. 유이는 〈은형영장(隱形靈裝) 34번〉으로 자신의 몸을 눈에 보이지 않게 숨긴 상태였다.

갑자기, 경치가 훤해졌다.

숲 안에 탁 트인 장소가 존재했다. 그녀는 그곳에 있었다. 정좌를 한 채 눈을 감고 있는 그 모습은 마치 명상 중인 것처럼 보였다.

"……응? 유이가? 용케도 내를 찾았대이."

카레하는 눈을 감은 채 유이의 존재를 감지했다. 유이는 약간 동요하며 망설였지만, 이내 입을 열었다.

"……예. 카레하 님. 반오인성으로 돌아가시죠."

"더 다가왔다간, 아마 내는 니를 죽일 기다."

그 말을 들은 순간, 유이는 그 자리에서 얼어붙듯 걸음을 멈췄다. 카레하가 그렇게 할 거라는 확신이 들었다. 한 걸음만 더 내디뎠다간, 카레하에게 갈기갈기 찢기고 말 것이다.

"내를 쓰러뜨리고 싶으면 토키사키 양을 불러오그라. 내는 그녀가 올 때까지 여기서 쭉 기다리겠대이."

"……알겠습니다."

"유이."

유이는 그녀의 부름에 걸음을 멈췄다. 카레하는 눈을 감은 채 입을 열었다.

"빈껍데기가 되면 가치관이 바뀐대이. 극도의 굶주림이 엄습한 나머지, 무언가로 내라는 그릇을 가득 채우고 싶다는 욕망에 사로잡히는 기다."

"그건—"

"내는 사투로 내를 가득 채울 기다. ……자, 돌아가서 토키사키 양에게만 내가 있는 곳을 알리그라. 절대 다른 사람에게 알리면 안 된대이. ……희생자만 늘어날 뿐인 기다."

"예."

유이는 뒤편으로 물러선 후, 수색 중지의 신호탄을 쐈다. 카레하는 방금 자기가 말했던 것처럼 이 자리에서 꼼짝도 하지 않으리라.

토키사키 쿠루미를 기다린다. 그리고 사투를 벌인다.

엠프티화가 가속되어, 자아가 붕괴될 때까지…….

◇

쿠루미는 사가쿠레 유이의 보고를 듣고 고개를 끄덕였다.

"……안내를 부탁드려도 될까요?"

"물론이죠."

"괜찮겠어요?"

히비키가 불안 섞인 어조로 그렇게 묻자, 쿠루미는 잠시 생각에 잠겼다.

"아까 제가 10할이라고 말했죠? 하지만 재료가 필요하겠군요. 미즈하 양, 잠깐 저 좀 보겠어요?"

"아, 예. ……무슨 일이죠?"

"카레하 양의 힘을 가르쳐주세요. 무명천사와 영장의 힘으로 뭘 할 수 있고, 뭘 할 수 없는지―."

"……그건…… 무리예요."

"어머, 어째서죠?"

"저도 카레하 언니의 능력을 몰라요. 무명천사의 이름은 〈앵핵산화〉. 부채를 펼쳤을 때 휘날리는 꽃잎으로 공격한다…… 정도만 알아요. 영장도 이름― 〈화창영장(華創靈裝) 17번〉이라는 것 말고는 아는 게 없어요."

"……조심성이 많군요."

미즈하는 쓴웃음을 지으며 말을 이었다.

"저를 신용하지 않았던 걸지도 몰라요. 언니는 수수께끼 같은 사람이었으니까요."

"……그럴까요? 저는 카레하 양이 정말, **정말**…… 당신을 아꼈다고 생각하는데 말이죠."

쿠루미는 빙긋 웃었다.

"저희가 따라가도 될까요?"

"……아뇨. 가능하면 저와 카레하 양이 단둘이 있을 수 있게 해주면 좋겠군요. 분명 처절한 사투가 펼쳐질 테니까요."

"저는 괜찮은데……."

히비키가 불만 섞인 어조로 그렇게 중얼거리자, 쿠루미는 그런 그녀의 이마를 손가락으로 가볍게 때렸다.

"아무리 가까운 사람에게도 보여주고 싶지 않은 모습이 있답니다."

"으음~, 어쩔 수 없네요. 그럼 저희는 기다리고 있을게요."

"예. 다른 준정령 여러분도 철저히 막아주세요."

"알겠어요. 저와 히고로모 양이 단단히 일어둘게요."

"그리고— 시스터스!"

쿠루미의 부름에 그림자에서 쑤욱 하고 두 손이 튀어나왔다. 그 모습을 본 미즈하가 비명을 질렀다.

시스터스가 그림자에서 나왔다.

"무슨 일이죠?『저』."

"……저와 카레하 양이 싸울 때, 방해하려 드는 자가 나타날 확률이 높다고 생각해요."

"그렇겠죠."

"그러니 그 방해꾼들을 처리해줬으면 해요."

"예. 알겠어요.『저』. 그럼 먼저 갈게요."

시스터스는 천수각 밖으로 몸을 날렸다.

"시스터스 양은 어디 가는 거죠?"

"방해꾼들을 처리하러 간 거랍니다. 사가쿠레 양의 분석이 옳다면, 퀸에게 공명한 엠프티들이 분명 어딘가에 숨어 있겠죠. 카레하 양은 그들에게 넘어가지 않았지만, 방치해 두면 오염될 가능성이 있으니까요."

"언니가…… 퀸의 편이 된다는 건가요……?"

"어디까지나 그럴 가능성이 있다는 거랍니다."

광신(狂信)은 허무에서 태어난다.

그리고 현재 반오인 카레하는 명백하게 위험한 상태였다.

"그럼 정리를 해볼까요. 저, 토키사키 쿠루미는 호드의 도미니언이자 강한 힘을 지닌 반오인 카레하와 사투를 벌일 거예요. 삶과 죽음의 경계에서 그녀의 엠프티화를 막고, 이성을 되찾게 한 후에 이곳으로 끌고 오는 거죠."

"예. 그 다음에는 제가 카레하 씨와 함께 〈킹 킬링〉으로 쥬가사키 씨의 정신에 침입해서 그녀를 구출할 거예요."

"어머, 어머. 저도, 히비키 씨도 책임이 막중하군요. 여기는 여름방학인 것처럼 평화로운 곳인데 말이에요."

"그러게 말이에요……. 그럼 빨리 카레하 씨를 데려와주세요."

히비키는 그렇게 말하며 한쪽 손을 들어올렸다.

"예. 당일배달로 배송해드리죠."

쿠루미가 자신만만한 미소를 지으며 그 손을 치자— 짝

하는 소리가 울려 퍼졌다.

◇

잦아들었던 속삭임이 다시 커지기 시작했다. 볼 안쪽 살을 깨물며, 그 고통으로 저항해봤지만— 벗어날 수 없었다. 그 마음이 날이 갈수록 커지는 것이 느껴졌다. 싫은데도, 기분이 좋았다.

—만족을 느끼고 싶다고 생각해 본 적 없어?

—마음이 저릴 정도의 행복을 느껴본 적 없어?

—네가 이곳에 있는 의미를 알고 싶은 적 없어?

—저기, 있지, 이 고뇌를, 번민을, 절망을, 떨쳐내고 싶지 않아?

"……신경 끄그라."

카레하는 되뇌듯이 그렇게 중얼거렸다.

바람이 불자, 나뭇잎이 바스락거렸다. 그 소리는 웃음소리와 비슷한 것처럼 느껴졌다.

"빨리 오그라. 빨리, 빨리……."

죽음을 갈구한다. 삶을 갈망한다. 되풀이할 기회를 요구한다. 1초 간격으로 소망이 달라지고 있었다.

심장 뛰는 소리가 귀까지 전해졌다. 극심한 두통이 느껴졌다. 기억을, 잃을 것만 같았다. 소중한 것이 하나하나 떨어져 나갔다.

잡념을 내쫓듯 숨을 내쉬었다. ……적어도, 그 속삭임은 잦아들었다.

그리고, 카레하는 느꼈다.

숲의 술렁거림이 순식간에 잦아들었다. 아니, 총이 겨눠진 바람에 강제적으로 입을 다문 듯한 느낌이다. 저녁매미가 울기 시작했다. 눈을 뜨자, 푸른 하늘이 석양에 물들어 있었다.

의식을 잃었던 걸까. 아니면 시간이 흐르는 것을 느끼지 못할 만큼 고통을 참고 있었던 걸까.

어찌 되었든 간에, 그녀가— 왔다.

저녁노을이 드리워진 하늘에 녹아들 것만 같은 검은색과 붉은색으로 된 영장을 걸치고, 손에는 고풍스러운 단총과 장총을 든 소녀였다.

"늦지 않았나요?"

"그렇대이. 토키사키 양, 여기까지 오게 해서 미안타."

"너무 오랫동안 무릎을 꿇고 있어서 다리가 저리지는 않나요?"

"바보 같은 소리하지 말그라."

카레하는 쓴웃음을 지으면서 몸을 일으켰다. 울창한 숲 안에서 이곳만 탁 트여있기 때문인지, 저녁노을이 잘 보였다.

죽음을 맞이하기에 딱 좋아 보이는 붉은 하늘이다.

남을 죽이기에 딱 좋아 보이는 새빨간 하늘이다.

"……그럼 사투를 벌여보까."

카레하는 부채— 〈앵핵산화〉를 펼쳤다.

"키히히히히."

쿠루미는 웃음을 흘리면서 무기를 치켜들었다. 지금 쿠루미가 쥔 무기는 물총이 아니라, 방아쇠를 당기면 치명적인 파괴력을 지닌 탄환이 발사되는 총이다. 그리고, 그녀의 등 뒤에는 거대한 시계 문자판이 존재했다.

공포, 그리고 그 이상의 환희가 카레하의 가슴을 물들였다.

"—반오인 카레하. 무명천사 〈앵핵산화〉."

"—토키사키 쿠루미. 천사 〈자프키엘〉."

벚꽃이 흩날렸다. 그림자가 모여들었다.

"자—." "우리의." "저희의." "전쟁을.^{데이트}" "데이트를.^{싸움}"

—시작하죠.

총성이 울려 퍼졌다.

세계는 아름답고, 잔혹하기에, 살고^{죽고 싶다} 싶다고 소망하는 것이다.

콤마 몇 초 수준의 속사가 펼쳐졌다. 발사된 그림자 탄환을 〈앵핵산화〉가 쳐냈다. 하지만 그녀가 부채를 한 번 휘두르는 사이, 다섯 발의 탄환이 카레하를 덮쳤다.

"『철화(鐵火)』."

그마저 단단하게 만든 꽃잎으로 막아냈다. 쿠루미는 혀를 찼다— 수많은 꽃잎이 반오인 카레하를 감싸고 있었다. 그녀에게 탄환을 명중시키는 건 불가능해 보였다.

"【알레프】……!"

"그렇게 나올 줄 알았대이."

쿠루미는 자기 자신에게 【알레프】를 쏴서 몸을 가속시킨 후, 접근전을 시도했다.

"『악문(顎門)』."

카레하가 부채를 휘두르자— 꽃잎이 흩날렸다. 쿠루미는 간발의 차이로 나무줄기를 박차며 방향을 전환했다.

"부채를 휘둘러 꽃잎을 철로 변화시켰군요. 그리고 그걸 자유자재로 조종할 수 있는 건가요. 흔해 빠졌지만, 성가신 무기군요."

"그러는 그쪽은 낡아빠진 총기다 아이가."

쿠루미는 그것이 도발이라는 것을 알면서도 일부러 걸려 들었다.

"어머, 어머. 이 우아함을 이해하지 못하겠나요?"

"못하겠대이. 투박한 총 같은 건 우리 같은 준정령에게는 안 어울린대이……. 아, 그럼 그 애의 험담처럼 들리겄나. ……아, 그 애의 이름이…… 뭐였드라……."

카레하가 공허한 눈길을 머금자, 쿠루미가 그런 그녀에게

대답했다.

"쥬가사키 레츠미. 당신이 이름을 붙여줬고, 일전에 당신과 같이 있었던 준정령이에요."

그녀의 이름을 들은 순간, 카레하의 눈에 빛이 돌아왔다.

"……아아, 그래. 맞대이……. 왜 그렇게 소중한 걸…… 잊어버릴 뻔했던 걸까. 잊어도 상관없는 건 기억하고 있는데 말이대이."

"소중한 거라서 그런 게 아닐까요?"

"그럴지도 모르겄다!"

카레하는 쓰러지듯, 천천히 한 걸음을 내디뎠다.

"『파도』."

아까 전에는 꽃잎이 뱀처럼 덮쳐들었지만, 이번에는 마치 해일처럼 밀려들어왔다. 부채에서 생겨난 꽃잎이 폭발적으로 증식됐다.

"큭―!"

쿠루미는 뒤편으로 도약해 숲속으로 도망쳤다. 하지만, 꽃잎 하나하나는 조그맣기 때문에 나무로는 막아낼 수 없었다. 꽃잎은 마치 홍수처럼 밀려들어왔다.

생각에 할애할 시간이 없으며, 상황 또한 나빴다.

하지만―.

"【세 번째 탄환(기멜)】……!"

수많은 수라장을 극복한 쿠루미에게 이 정도는 큰 위기가 아니었다.

【기멜】에 의해 노화가 가속된 나무가 차례차례 쓰러졌다. 그중 하나에 다가간 쿠루미는 나무를 **걷어차 올렸다.**

"당신이 파도를 만들어낸다면, 저는 뗏목을 만들도록 하죠."

말라비틀어졌다고 해도, 나무는 꽃잎을 충분히 막아내고도 남을 만큼 무거웠다. 쿠루미는 나무를 서핑보드처럼 이용해 카레하에게 접근하더니, 〈자프키엘〉을 연사했다.

하지만 카레하에게 있어서도 이 정도는 아직 위기 상황이 아니었다. 엠프티가 되어 가고 있지만, 그녀는 도미니언인 것이다.

"『인상(刃傷)』."

접힌 부채에 꽃잎이 모여들더니, 마치 검 같은 형태로 변화했다.

카레하는 칼날의 길이가 10미터는 되어 보일 듯한 그것으로 나무를 절단했다. 그리고 쿠루미의 정수리 또한 쪼개려 했다.

그 순간, 쿠루미는 양손에 쥔 〈자프키엘〉을 교차시켜 그 공격을 막아냈다. 〈자프키엘〉에서 귀에 거슬리는 소리가 났지만, 총신이 절단되지는 않았다.

"그 부채로 못하는 게 없군요! 아, 혹시 부채가 아니라 꽃잎이 본체인가요?"

"정답이대이. 이 부채는…… 뭐랄까, 촉매 같은 기다. 뭐,

이제는 아무래도 상관없지만 말이대이."

이대로는 결판을 낼 수 없다고 판단했는지 카레하가 쿠루미와 거리를 벌렸다.

부채를 한 번 휘두르자 칼날을 형성하고 있던 꽃잎이 흩어졌다. ……하지만 땅에 떨어지지는 않고 카레하의 주위에 떠 있었다. 쿠루미도 이해했다— 저 꽃잎 하나하나가 면도칼의 예리함과 강철의 견고함을 지닌 것이다. 방금 본 거대한 칼이 차라리 장난감에 가까울 것이다.

"……어찌된 건지, 알 리가 없는 지식이 머릿속에 존재한대이. 내는 토키사키 양의 기술을 알고 있다 아이가. 【알레프】가 가속, 【두 번째 탄환】이 지연, 【달렛】이 되감기, 【일곱 번째 탄환】이…… 정지였재?"

"엠프티화의 폐해군요. 정보의 공유화가 강제적으로 이뤄지는 거죠."

"……그럼 내가 엠프티가 되어 가고 있다는 것도 다 들통난기가?"

"예, 다 들통났답니다. 뭐— 신경 쓸 필요는 없지만 말이에요."

해바라기처럼 노란 영장이 바람에 흩날렸다.

대부분의 엠프티들이 햇살처럼 밝은 그 노란색 아래에서 숨을 거뒀다.

"—미안하군요. 당신들이라는 존재는 정말 안 됐다고 생각하지만, 어떻게든 버텨 보려는 분까지 억지로 동료로 만들려 하는 건 잠자코 두고 볼 수 없군요."

시스터스는 냉혹한 어조로 그렇게 말하며 방아쇠를 당겼다. 엠프티들은 새하얗게 빛나며 스러졌다. 자신들이 무언가를 해냈을 거라는 착각과 환희를 품은 채 말이다.

◇

"……그러니 방해꾼은 나타나지 않을 거랍니다."

"아무래도 고맙다는 소리를 해야 할 것 같대이."

카레하는 사나운 미소를 지었고, 쿠루미는 단총을 고쳐 쥐었다.

"무슨 꿍꿍이인지는 모르긌지만……."

"예. 나름 꿍꿍이가 있답니다."

사투는 벌이되 죽이지는 않는다. 죽이지 않겠지만, 죽지도 않는다. 죽이지만, 죽지 않는다.

온갖 모순을 안은 채, 토키사키 쿠루미는 조용히 웃었다.

"【베트】!"

쿠루미가 선택한 것은 시간을 지연시키는 탄환이었다. 쿠루미는 나무들을 꺾어버릴 듯한 기세로 움직이면서 【베트】를 쏠 기회를 엿봤다.

쿠루미의 솜씨라면, 꽃잎으로 만들어진 수십 겹의 방어벽을 뚫고 카레하에게 탄환을 명중시킬 수 있을까?

……무리다.

탄환은 방아쇠를 당긴 시점에서 그저 일직선으로 나아가기만 한다. 맞을 확률은 제로에 가깝다.

게다가 이것으로 쿠루미의 전술도 파악했다. 【자인】이 아니라 【베트】를 쓰는 건 시간의 대량 소비를 피하기 위해서이리라.

거기까지 생각이 미친 카레하는 선택했다.

만에 하나라도 【베트】에 맞지 않도록 철저하게 방어를 한다.

나무 뒤편에 숨어서, 그녀의 『시간』이 바닥날 때까지 기다린다. 그러면 그녀는 비장의 카드를 쓸 수 없게 된다.

차근차근, 함정을 깔며, 기다린다.

"〈자프키엘〉— 【베트】!"

이것으로 그녀는 일곱 번이나 【베트】를 쐈다. 하지만, 단 한 발도 카레하의 몸에 닿지 않았다. 전부 피한 것이다.

카레하는 쿠루미에게 들키지 않도록 조심하면서, 자신을 지키고 있는 꽃잎을 주위에 배치했다. 그렇게 몰래 배치한 꽃잎의 숫자는 총 다섯 개— 그것들은 지면에 떨어져 위장하고 있으며, 주의를 기울여 관찰하지 않는 한 파악할 수 없다. 그리고, 한창 전투 중에 아무것도 없는 지면을 관찰할 수도 없다.

함정에 걸려라. 거기에 발을 들여라. 방어에 치중하고 있는 자신을 얼마든지 해치울 수 있을 거라는 착각에 빠져라.

지력을 쥐어짜내며, 사투를 벌인다. 그것만으로도 충실감을 느끼는 것이야말로 자신의 업이리라.

허무가 멀어져갔고, 속삭임 또한 잦아들었다.

"토키사키 양은 정말 사람이 좋대이."

"어머, 어머. 무슨 소리죠? 제가 사람이 좋다고요? 키히히 히히! 그거 참 재미있는 농담이군요!"

지금이다.

"—『기화(奇貨)』."

문이 열렸다. 위장되어 있던 꽃잎이 모습을 드러냈다. 전후좌우, 그리고 상공에서 꽃잎 모양을 한 칼날이 쇄도했다.

"흐음, 그렇군요. 아까 했던 말을 취소하겠어요. 저희는 상성이 좋군요. 저나 당신이나 사람이 참 좋아요."

"어……?"

쿠루미가 지면을 박찬 바로 그 순간이었다.

"【베트】는 시간을 지연시키는 탄환이죠. 【자인】처럼 강력하지는 않지만, 쓰기 나름이랍니다."

"……윽!"

순식간에 형세가 역전됐다. 그녀의 꽃잎을 짓밟으며 무언가가 카레하에게 명중했다. 사방 천지, 그녀에게 도망칠 공간을 주지 않으면서 말이다.

카레하는 피를 토했다.

"……나무……?"

쿠루미는 변함없이 온화한 미소를 머금은 채 조용히 서 있었다. ……아니, 그 표정은 온화한 미소가 아니었다. 밤하늘에 뜬 초승달처럼— 불길한 미소였다.

"……하지만, 저도 두 수 정도 모자랐군요."

완전히 막아내지 못한 꽃잎이 쿠루미의 영장을 찢었다. 하지만, 치명상은 아니었다. 대부분의 꽃잎은 갑자기 쓰러진 나무에 의해 막혔기 때문이다.

그녀가 【베트】로 노린 것은 바로 카레하가 아니라 쓰러져 있는 나무였다.

하지만, 불가사의한 점이 하나 있었다. 나무가 왜 카레하를 향해 쓰러진 것일까. 카레하는 극심한 고통에 헐떡이면서 필사적으로 생각했다.

시간의 지연…… **느려진다**……. 나무를 걷어차더라도, 해제될 때까지 지연은 계속된다…….

"아…… 그렇게 되기가……."

"예. 저의 【베트】는 **힘의 전달 그 자체**도 지연시킬 수 있답니다."

【베트】에 맞은 나무는 그 순간 그 자체가 지연된다. 걷어

차이더라도, 그 힘이 축적된 채로 **그 자리에 머무는 것이다.**

"그 후에는…… 일제히 쓰러지도록 【베트】의 간격을 조정하면서 싸우기만 하면 되죠."

"말은 쉽재. 내는 그게 얼마나 힘든 건지 충분히 상상이 된대이."

카레하는 어이가 없다는 듯이 한숨을 내쉬었다. 쿠루미는 별것 아닌 듯이 말했지만, 이것은 상상을 초월하는 기술이었다. 탄환의 능력이 대단한 게 아니라, 그것을 구사하는 쿠루미가 대단한 것이다. 【베트】로 얼마나 시간을 지연시킬 수 있는지, 어느 정도의 힘을 담아서 나무를 걷어차야 하는지, 어느 좌표로 힘을 가해야 하는지, 그리고 탄환의 적절한 발사간격— 그런 온갖 문제를 콤마 몇 초 만에 풀지 않은 한, 이런 결과를 이뤄낼 수가 없는 것이다.

둔탁한 통증이 온몸을 관통했다.

"……아얏"

"많이 아픈가 보군요."

"나무에 온몸을 두들겨 맞았다 아이가. ……내가 졌대이. 빨리 죽이그라."

"어머, 죽여도 괜찮은 건가요?"

"당연하다 아이가. 내는 지금 엠프티가 되어 가고 있대이. 언제 퀸의 편이 될지 모르는 기다."

"버티면 되지 않을까요?"

"······무리대이. 내라도 언제 지들을 배신할지 모르는 게 주위에 어슬렁거리면 무서울기다. 반드시 해치우그라."

"하지만 삶의 보람만 찾는다면—."

준정령이 엠프티가 되지 않고, 소멸하지 않기 위해서는 살아야 할 이유를 찾아야만 한다.

"그건 무리대이. 왜냐면, 내는 사실—."

—이미, 옛날 옛적에 죽었다 아이가.

그런 당연하기 그지없는 말이, 쿠루미의 가슴 속에 강하게 울려 퍼졌다.

○흐드러지게 펴라, 애절히

반오인 카레하는 인계에 온 직후에는 그것을 떠올리지 못했다. 자신은 반오인이라는 성을 지녔으며, 미즈하라는 이름의 여동생이 있다. 그리고 아버지, 어머니, 할아버지, 할머니, 그리고 수많은 고용인에게 둘러싸여…… 심심하다고 하기에는 호화롭기 그지없는 삶을 살았다.

기억하는 건 그것이 전부다.

인계는 무섭고, 자극적이며, 긴장을 풀 겨를이 없었지만, 그래도 하루하루가 충실했다.

……그 지겨운 나날로 되돌아가고 싶다는 생각도 때때로 들었지만, 그것도 곧 잊고 말았다.

과거는 아무래도 상관없다. 현재야말로 중요하다.

말쿠트에서 어떤 준정령과 싸웠을 때, 『인계편성(隣界編成)』에— 암흑의 기억에 삼켜지고 말았다.

그 기억을 지닌 정령이 누구인지, 무엇인지는 알지 못했다.

누군가가 **공간진을 일으켰을 때**의 기억이었다. 주위에는 온갖 파편들이 산처럼 쌓여 있었고, 그곳에는 한 소녀가 있었다.

짤막한 기억이지만, 그것은 폭발적인 기세로 카레하의 기억에 자극을 안겨줬다.

봉인되어 있던 기억이 되살아난 것이다.

자신은 재해에 휘말려 죽었다. 원인은 알지 못한다. 지진, 공간진, 태풍, 혹은 인위적인 사건 때문일지도 모른다. 뭐, 아무래도 상관없다.

아무튼 카레하는 건물 파편에 깔렸고, 화재가 발생했다. 아버지도, 어머니도, 할아버지도, 할머니도, 고용인도, 모두 죽었다는 것을 이해했다. 주위를 가득 채운 연기 때문에 기침을 하면서도, 스스로 다 끝났다는 것을 이해했다.

"―언니!"

동생이 울고 있었다. 엉엉 울면서 자신의 가슴을 잡아당기고 있었다.

"이러면 안 된대이. 빨리 도망치그라."

큰 목소리로 그렇게 외치고 싶었지만, 폐가 망가진 건지 목을 쥐어짜내는데도 목소리가 나오지 않았다.

하느님, 하느님.

내가 이렇게 무참하게 죽는 건 어쩔 수 없는 일일지도 모릅니대이.

그렇지만, 동생인 미즈하만은 살려주이소.

의미 없이 죽을 바에야, 적어도― 의미 있는 삶을 살고 싶습니대이.

바로 그때, 분명 자신은 죽었다.

그런데 눈을 떠보니, 별천지가 펼쳐져 있었다. 엉엉 울고 있던 미즈하는 자신이 왜 우는지도 모르는 것 같았다.

둘에게 있어 공통된 인식은 단 하나뿐이었다.

그것은 바로 자신들이 인간이 아니며, 준정령이라 불리는 존재가 되었다— 그것뿐이다.

◇

"생각이 난 순간, 엠프티화가 진행됐대이."

"자신이 죽었다는 것을 자각했기 때문인가요……?"

쿠루미의 질문에 카레하는 가녀린 목소리로 대답했다.

"잘은 모르겠지만…… 그럴지도 모른대이. 내처럼 죽기 직전까지의 기억을 가지고 있는 준정령은 흔치 않을 기다. 아마 대부분 말쿠트에 모여 있지 않겄나?"

말쿠트는 호드와 다르게 살생이 허용된 영역이다. 삶과 죽음의 경계에서만 살아갈 수 있는 준정령이 모여 있는 장소다.

"……그럼 말쿠트로 간다면……."

아직 희망이 있다. 거기서 목숨을 잃을 때까지 목숨을 앗아가다 보면, 살아남을 가능성이 있는 것이다.

"응. 내도 그런 생각을 했대이. 그런데 남을 죽이면서까지 살고 싶지는 않은 기다. 그리고 싫은 일이 있었다 아이가……. 그건 정말 싫대이."

"그 싫은 일이 뭐죠?"

"……말하기 싫고, 말 안 해도 곧 알게 될 기다."

카레하는 체념한 것처럼 웃음을 흘렸다.

"그래서 내는 죽기로 한기다. ……괜찮재?"

기나긴 침묵이 이어진 후, 쿠루미는 천천히 고개를 저었다.

"그걸 허락해도 되는 사람은 제가 아니랍니다. 카레하 양이 선택하세요. ……하지만, 딱 하나 해주셨으면 하는 일이 있어요. 당신은 쥬가사키 양을 구해야만 해요."

"레츠는 어떻게 됐노?"

"혼수상태예요. 쥬가사키 양과 가장 깊은 유대로 이어진 당신이 도와주지 않는다면, 아마 숨을 거두고 말겠죠."

카레하는 그 말을 듣고 한숨을 내쉬었다.

"……그럼 구해야겠구마. 빨리 데려가도. 아, 그 전에……."

"전에?"

카레하는 어깨를 으쓱하며 입을 열었다.

"상처 좀 치료해주지 않겠나?"

"예. 물론(총성)."

쿠루미는 빙긋 웃으면서 방아쇠를 당겼다. 그녀가 쏜 총알은 【달렛】으로, 시간을 되감아 상처를 치유해줬지만, 카레하는 눈을 치켜떴다.

"말하고 있을 때 느닷없이 총을 갈기는 건 좀 너무한 거 아이가?!"

"타인에게 【달렛】을 쓸 때는 좀 놀래 주고 싶어서 말이죠. 귀여운 장난으로 받아주세요."

"적당히 좀 하그라~."

카레하는 부채로 쿠루미의 머리를 가볍게 때렸다.

"정말 너무하군요."

"괜한 소리 말고 빨리 돌아가 삐자."

"참고로 히비키 양은 『하지 마세요! 절대로 하지 말라고 요!』라고 말해서 그냥 미간에다 쏴줬는데, 어찌된 영문인지 불같이 화를 내더군요."

"아~ 그럴 만하대이. 내라도 그럴 기다. 너무하다 아이가."

"그렇죠? 저는 아무 잘못도 안 했는데 말이에요~."

"잘못 맞대이."

두 사람은 서로를 쳐다보다가, 갑자기 웃음을 터뜨렸다.

"……저희, 의외로 마음이 맞는 것 같네요."

"이유는 모르겠지만 말이대이. 내는 친구를 잘 사귀는 타입이 아닌디……."

"그래도 레츠 양은 친구 맞잖아요?"

카레하는 쿠루미의 말에 멋쩍은 듯이 고개를 돌렸다.

"그 애는…… 뭐랄까, 절친, 전우, 동료 같은 거대이."

"아, 따로 구분하고 있군요."

"니한테 있어서의 히고로모 양 같은 걸 끼다."

"……아, 히비키 양은 딱히 그런 존재가 아니랍니다."

"흐음……."

카레하가 마치 다 안다는 듯한 표정으로 쳐다보자, 쿠루미는 약간 울컥하는 마음에 그녀의 다리를 살짝 걷어찼다. 그러자 카레하 또한 당연히 반격했다.

그렇게 서로의 발을 걷어찬 끝에 꼴사나운 드잡이질을 벌이기 직전, 이런 짓을 할 때가 아니라는 걸 깨달은 둘은 서둘러 내달렸다.

◇

카레하와 쿠루미가 천수각으로 뛰어 들어오자, 히비키 일행은 안도에 찬 표정을 지었다.

"언니!"

"아~, 미즈하. 이야기는 나중에 하재이."

카레하는 자신을 꼭 끌어안은 미즈하의 머리를 쓰다듬어준 후, 누워 있는 쥬가사키에게 다가갔다. 미즈하는 딱딱하게 굳어버렸다. 카레하가 자신을 차갑게 대할 거라고 생각했는데 상냥하게 쓰다듬어주자, 어떤 반응을 보여야 할지 감이 오지 않았다.

"이 잠꾸러기는 그때 이후로 계속 잠만 퍼질러 자고 있는 기가?"

카레하는 빙긋 웃으면서 쥬가사키의 코를 살며시 꼬집었다.

"자…… 히고로모 양, 어떻게 하면 되노? 혹시 필요한 거라도 있는 기가?"

"아뇨. 제 무명천사만 있으면 돼요."

히비키는 자신의 무명천사— 〈킹 킬링〉을 불러냈다. 거대한 갈고리처럼 생긴 흉악한 무기 형태에 주위에 있던 이들이 술렁거렸다.

"아, 생긴 건 이렇지만, 공격력은 없는 거나 다름없는 무기예요!"

히비키는 그렇게 말하면서 오른손으로 카레하의 손을 움켜잡았다.

"그럼 시간이 없으니, 지금 바로 쥬가사키 씨의 정신에 침입하겠어요. 뭐, 아마 저희는 그냥 기절한 것처럼 보일 거예요."

"알았대이. 그럼 레츠를 구해오꾸마."

"카레하 양, 무운을 빌게요. ……아니, 무운을 빌어야 할 상황이 아니군요. 당신의 마음을 소중히 하세요."

주위의 다른 이들이 지켜보는 가운데, 〈킹 킬링〉이 쥬가사키의 가슴에 닿았다.

"쥬가사키 레츠미의 코어에 접속— 자, 갑니다!"

주위의 풍경이 일그러졌다. 맹렬한 기세로 기억이라는 필름이 거꾸로 회전하기 시작했다.

쥬가사키 레츠미를 구성하는 것. 신조, 성격, 이념 같은 소중한 것들—.

거기에, 뛰어들었다.

◇

—스타트.

고독, 외톨이, 공포, 행선지를 알 수 없는 버스 정류장에
가만히 서 있었다.

이름은 사라지고 말았다.

인계, 준정령, 주어진 영장과 무명천사.

비는 쉴 새 없이 내렸고, 목적지 또한 모른다.

자, 어디로 가면 될까?

"이쪽이대이."

한 소녀가 나타나서 손을 잡아당겨줬다. 이 인계에서 살아
가기 위해 필요한 것들을 배우고, 싸우는 법을 배웠다.

아아, 하지만 저는 이름이 없어요.

영장이 있어도, 무기가 있어도, 가장 중요한 저 자신이 없
어요—.

"대충 지어도 된다면, 내가 지어주꾸마."

그렇게 말한 그녀는 그 누구도 아닌 저에게 제가 있을 곳
을 만들어줬어요.

죄책감밖에 느껴지지 않았다.

그도 그럴 것이, 그 이름은 정말 대충 지어준 것이다. 내는 가벼운 마음으로 당신 인생의 지침을 세워주고 말았습니대이. 이것보다 큰 죄는 이 세상에 존재하지 않을 겁니더.

은혜라 여길 필요는 없다. 다른 누군가였다면 더 멋진 이름을 지어주었을 것이다.

그러니, 그렇게 아름다운 눈동자로 내를 쳐다보지 마이소.

당신에게는 멋진 인생이 찾아올 겁니더.

—중간지점.

저에게 이름을 지어준 그녀는 항상 외톨이 같은 표정을 짓고 있다는 생각이 들었어요.

그녀는 강해요. 동생을 비롯한 모든 이들에게 존경을 받고 있어요. 거드름을 피우지만, 기품 또한 지녔어요.

그런데, 어째서인지, 어째서인지 그녀는 항상 쓸쓸해 보여요.

그래서, 부끄러운 이야기지만, 친구가 되자고 생각했어요.

그녀의 쓸쓸함을 조금이라도 메워줄 수 있는, 그런 존재가 되기로 마음먹었어요.

부끄러운 데도 정도가 있다.

나에게 있어서 그녀는 해바라기 같은 존재였다.

여름에 찬란하게 빛나는, 그런 보석처럼 아름다운 소녀였다.

너와 경쟁하고, 너와 마음을 나누고, 너와 이야기를 나눈다.

그리고 그때마다, 그녀는 더욱 빛났다. 이 호드를 다스릴 사람은 레츠뿐이라고, 그렇게 생각했다.

질투하는 게 아니라, 그저 기쁘고 자랑스러웠다.

—막다른 곳.

……저는 뭘 하면 좋을까요. 누구와 싸우면 좋을까요.

마음 한편으로 깨닫고 말았어요. 저는 이제 그녀를 만날 수 없다는 것을요.

그렇다면, 제가 살아가야 할 이유 같은 건 존재하지 않아요.

"……니는 바보대이."

그 느긋한 목소리가 들리자, 믿기지 않는다는 심정으로 돌아보았다.

"……카레하?"

만나고 싶었다. 이기고 싶었다. 지고 싶지 않았다. 쓸쓸해하는 모습을 보고 싶지 않던 소녀가, 그곳에 있었다.

"레츠, 돌아가재이."

상대가 내민 손을, 고개를 갸웃거리면서 움켜쥐었다.

"왜, 여기에 있는 거야?"

"불가사의 현상이대이."

"아하, 불가사의 현상이구나."

쥬가사키는 그 말을 듣고 납득했다. 그녀가 불가사의라고 말하면, 아마 불가사의한 게 맞을 테니 말이다.

"그런데…… 괜찮아? 또, 사이좋게 지낼 수 있는 거야?"

"……조금은, 그래도 될 끼다."

"그 조금이 어느 정도인데?"

"니, 말꼬리 잡지 말그라……. 으음, 그래. 같이 놀러가삐까?"

"으음~, 그거로는 부족해."

이참에 최대한 양보를 받아내기로 했다.

"그럼 내와 같이 자까?"

"차라리 하루 종일 같이 지내자~. 그게 훨씬 즐거울 거야!"

"뭐, 그 정도라면 좋대이."

"그리고, 쭉 같이 놀자!"

잠시 동안 침묵이 흘렀다. 너무 과한 요구를 한 건가, 라고 생각한 쥬가사키가 머뭇거리며 상대방의 얼굴을 쳐다보았다.

반오인 카레하는 한순간 울면서 웃는 듯한 표정을 짓더니, 부채로 입가를 가리며 낮은 웃음을 흘렸다.

"……좋대이. 쭉 같이 놀재이. 그러면 내와 같이 돌아갈 끼가?"

"웅. 돌아갈래. ……그런데 대체 어떻게 돌아갈 건데?"

"으음~, 모르겠대이. 돌아가자고 마음먹으면 돌아갈 수 있는 거 아이가?"

"뭐~? 그런 엉터리 같은⋯⋯."

"아뇨. 그런 엉터리 같은 느낌으로 충분해요. 그래도 서둘러 주세요!"

갑자기 누군가가 두 사람의 대화에 끼어들었다.

"아, 히고로모 양." "오~, 히고로모 대령!"

"두 사람 다 빨리 일어서요! 정신의 내면에서 농땡이 부려 봤자 아무것도 해결되지 않는다고요! 자, 저기 좀 보세요!"

두 사람은 히비키가 손가락으로 가리킨 방향을 쳐다보았다. 그리고 동시에 고개를 갸웃거렸다.

"으음, 지면이 무너지고 있는 것 같네?"

"게다가 좀 있으면 여기도 무너질 것 같대이."

땅이 파괴되고 있었다. 마치 젤리나 푸딩을 숟가락으로 부수는 것만 같았다.

"예. 제가 쥬가사키 씨의 정신과 인격을 강탈하고 있으니까요. 즉, 저건 그러니까, 그걸 은유적으로 표현하고 있는 거라고나 할까요? 저 여파에 휘말리면⋯⋯ 현실의 제가 쥬가사키 씨가 되고 말아요."

"⋯⋯무, 무슨 그런 말도 안 되는 짓을 벌이면 어떻게 해~?!"

"그러니까 빨리 캔슬하고 싶다고요~! 저도 쥬가사키 씨가 될 생각은 눈곱만큼도 없거든요?!"

"으, 으음, 어떻게 하면 되지?! 어떻게 하면 되는데?!"

히비키는 당황할 대로 당황한 쥬가사키의 두 어깨를 움켜 잡고 흔들었다.

"하늘을 날아주세요!"

"날아?! 어디를 향해서 말이야?!"

"아무튼 하늘을 향해 곧장 날아가는 거예요! **당신**이 정신의 표면으로 떠오르면, 제가 강제적으로 튕겨져 나갈 거예요!"

"아, 알았어…… 카레하도 같이 가자!"

"아, 알았대이. 그럼 히고로모 양. 좀 날고 오겠구마."

쥬가사키와 카레하가 공중으로 떠올랐다. 쥬가사키는 히비키의 지시에 따라 하늘을 향해 곧장 날아갔다.

"우와~, 여기가 내 머릿속이구나! 정말 엉망진창이네~!"

쥬가사키는 깔깔 웃었다.

"남의 머릿속에 들어와 보는 건, 생전 처음인디…… 레츠의 머릿속은 잡동사니를 넣어둔 상자를 뒤집어엎은 곳 같대이."

"흥~. 그러는 카레하의 머릿속도 엄청 엉망진창일걸?"

"알지도 못하면서 멋대로 지껄이지 말그라. 내 머릿속은 훨씬 깔끔하대이."

정리 정돈되고, 표백되어, 텅 비어버린—.

"그럼 내가 쳐들어가서 엉망진창으로 만들어줄 거야."

"……그것도 재미있을 것 같대이. 나를 엉망진창으로 만들어 보그라."

카레하가 웃음을 흘리며 그렇게 말하자, 쥬가사키의 볼이 점점 빨개졌다. 사실 쥬가사키는 의외로 순정파인 건지 그렇고 그런 쪽 농담에 약했다.

"무, 무슨 소리 하는 거야? 나, 그런 건 질색이거든?"

"그래그래. 진짜 숫된 애대이."

"숫된? 그게 뭐야? 무기 이름 같은 거야?"

"궁금하면 미즈하한테 물어보그라. 그 애는 그런 쪽으로 빠삭하다 아이가."

"아, 맞다! 생각났어! 나, 깨어나면 도미니언인 거야?!"

"그렇대이."

"할일이 태산 같네!"

"그럴 끼다~."

"놀 짬이 없는 거 아냐?"

"으음~, 노는 걸 우선해도 될 끼다. 지금까지 최선을 다해왔다 아이가."

카레하가 그렇게 말하자, 쥬가사키는 약간 머뭇거리더니 곧 납득한 것처럼 고개를 여러 번 끄덕였다.

"그래~. 가끔은 휴가를 즐겨도 벌은 안 받을 거야!"

"그렇대이. 벌 안 받을 끼다."

"그럼 정신이 들면— 놀자!"

"……응. 실컷 놀아 삐자~. 하지만 그 전에 할 말이 있대이."

고개를 갸웃거리는 쥬가사키를 보며 카레하가 말했다.

"내 얼굴을 보고도 너무 놀라지는 말그라."

그렇게 말한 카레하의 목소리에서는 자신감이 느껴지지 않았다.

이윽고, 하늘의 색깔이 변하기 시작했다. 어두운 밤이 끝나고, 해가 떠오르기 시작했다. 황금빛이 쥬가사키의 세계를 물들였다.

"……참 아름답대이."

"내, 내가 아름답다는 거야?!"

"그게 아니대이. ……이 풍경이 아름답다고 말한 기다."

"뭐야. 그런 거야?"

"뭐꼬. 니도 예쁘다, 귀엽다 같은 말을 듣고 싶은 기가?"

그 물음에 잠시 입을 다물고 있던 쥬가사키가 불쑥 중얼거렸다.

"……그야, 나도……. 누군가한테 그런 말을 듣고 싶다는 생각을 할 때가 있다고……."

"호오, 그 누군가는 전설의 그 형씨인기가?"

"전설의 그 형씨? 혹시 『컴파일』에 휘말리면 보게 된다는 전설의 그 사람 말이야? 그거, 헛소문 아니었어?"

"헛소문이 아닌 것 같대이. 토키사키 양은 그 전설의 형씨를 만나러 가는 것 같다 아이가."

"어?! 잠깐만 있어봐. 그 남자애는 건너편 세계에 있지 않아?!"

"그렇대이. 그래서 토키사키 양은 인계를 싸돌아다니고

있는 기다. 케테르에 가면, 건너편에 갈 수 있을지도 모른다 아이가."

"……제정신이 아니네! 그 토키사키라는 녀석, 진짜 대단한걸!"

"그렇재? 그런 게 사랑이라는 걸지도 모른대이."

카레하는 그렇게 말하며 한숨을 내쉬었다.

쥬가사키는 하늘을 올려다보며 중얼거렸다.

"저기— 우리도 사랑이라는 걸 할 수 있을까?"

"할 수 있지 않겠나? ……내는 해본 적이 없지만 말이대이."

"카레하는 참 쓸쓸한 애네."

"내는 그래도 상관없대이. 자, 곧 출구에 도착할 끼다."

쥬가사키는 카레하의 말을 듣고 하늘을 올려다보았다. 황금색이 아니라 순백색으로 빛나고 있는 하늘이 무한히 펼쳐져 있었다. 쥬가사키도 여기가 종착점이라는 것을 직감했다.

"좋아, 그럼 정신 한번 차려보도록 할까!"

"니 탓에 내도 고생이 이만저만 아니었대이~."

하늘을 향해 손을 뻗자, 공기막 같은 것이 만져졌다. 그대로 손에 힘을 주자, 그 막이 찢어졌다. 그리고 두 사람은 깨달았다. 지금까지 자신들이 물속에 있었다는 것을 말이다.

—눈을 떴다.

쥬가사키는 몸을 일으키더니, 자신이 누군가의 손을 잡고 있다는 것을 알아챘다. 자신은 카레하의 손을 꼭 움켜쥐고 있었다. 참고로 쿠루미의 무릎을 베고 누워서 자고 있던 히비키 또한 정신이 들었지만, 쿠루미의 무릎을 더 베고 싶은 건지 정신이 들지 않은 척 했다.

"카레하……"

"레츠…… 일어난기가."

쥬가사키는 카레하의 새하얀 머리카락을 본 순간, 금방이라도 울음을 터뜨릴 것 같은 표정을 지었다.

하지만 카레하는 즐거운 듯이 웃음을 흘렸다. 그리고 머리카락을 만지작거리며 이렇게 말했다.

"흰 머리카락도 꽤 어울리재?"

"……그거, 괜찮은 거야?"

"전혀 문제없대이."

쿠루미는 그 말을 듣고 고개를 슬며시 돌렸다. 그 목소리는 쿠루미조차도 착각을 하고 말 것 같을 만큼 설득력을 지니고 있었다.

카레하는 현재, 최선을 다해 거짓말을 하고 있다. 그리고 쥬가사키는, 그 사실을―.

"다행이야~!"

쥬가사키는 그렇게 외치며 카레하를 꼭 끌어안았다. 순진무구한 미소를 지으며, 순진무구하게 기뻐했다. 아무래도 쥬가사키는 카레하의 말을 믿는 것 같았다.

"그럼 놀자! 으음, 뭐하고 놀까?! 응?!"

"그보다 먼저 옷이라도 갈아입는 게 어떻노?"

"어? 아, 나 지금 잠옷 차림이네. 좋아, 영장으로 갈아입을 테니까 잠시만 기다려! 오늘부터 한동안은 실컷 노는 거야! 끼얏호!"

이부자리에서 벌떡 일어난 쥬가사키는 기운차게 방밖으로 뛰쳐나갔다.

"히고로모 양, 미즈하. 미안하지만 내와 레츠는 한동안 좀 놀아도 되겠나? 어차피 내가 있으면 될 일도 안 될 끼다 아이가."

"아, 예. 그건 괜찮지만—."

"아, 맞다! 미즈하!"

옷을 갈아입은 쥬가사키가 순식간에 돌아왔다. 그녀는 미즈하의 어깨를 움켜잡더니, 순진무구한 어조로 질문을 던졌다.

"숫된 애라는 게 무슨 소리야?"

"숫된…… 숫된?!"

미즈하는 당혹스러워하면서 얼굴을 새빨갛게 붉혔다. 히비키가 잠을 자는 척 하면서 씨익 웃었고, 쿠루미는 그런 히비키의 볼을 꼬집었다.

"그래. 카레하가 미즈하한테 물어보면 가르쳐줄 거랬어!"

"언니~?!"

"괜찮다 아이가. 가르쳐주그라. 도미니언이면 그 정도는 알고 있어야 할 거대이."

"응? 뭐야. 어려운 거야?"

"아, 어려운 건 아닌데…… 쥬가사키 양, 귀 좀 빌려주세요."

미즈하는 한참을 망설인 후, 쥬가사키에게 귓속말을 했다.

"숫된 애라는 건 말이죠…… ^{성적인 이런저런 체험을 하지 않은} 소곤소곤소곤소곤소곤소곤 ^{사람을 가리키는 말이에요} 소곤소곤소곤소곤."

미즈하의 말을 듣고 있는 쥬가사키의 얼굴이 점점 새빨개 졌다.

"카레하~~~~~~~~~~~~~~~~!"

"아하하하하하하하하하하하하하하하하!"

쥬가사키는 깔깔 웃고 있는 카레하를 새빨개진 얼굴로 쫓아다녔다.

─주위 사람들은 이 일이 일단락되었다고 생각하는 것 같았다. 하지만 카레하는 그렇게 생각하지 않았으며, 쿠루미 또한 마찬가지였다.

쥬가사키는 어떨까. 천진난만한 미소를 짓고 있는 그녀의 속내는 알 수가 없었다. 쿠루미는 한동안 망설인 끝에, 히비키에게는 알려주기로 했다. 그녀의 소매를 잡아끌고 단둘이서 몰래 성을 빠져 나왔다. 그 후, 개점휴업 상태인 찻집에 가서 가게를 잠시 빌리고 싶다고 점원에게 말하자, 점원은 마침 놀러가고 싶던 참이었다며 환하게 웃으며 자리를 비켜 줬다.

"으음…… 무슨 일이에요?"

"카레하 양의 엠프티화는 막을 수 없을 것 같아요."

"……예?"

어리둥절한 표정을 지으며 고개를 갸웃거린 히비키는 쿠루미가 한 말의 의미를 이해한 건지, 얼굴이 점점 새파랗게 질렸다.

"그, 그게 무슨 소리죠?! 그 문제는 해결된 게……?!"

"아뇨. 카레하 양의 엠프티화는 계속 진행되고 있어요. 아마 조만간 그녀는 **빈껍데기**가 되고 말겠죠."

"하지만 진행은 멎은 게 아닌가요?"

"그러기 위해서는 사투를 벌여야만 한답니다. 그리고 카레하 양이 그것을 거부했죠. 호드를 말쿠트로 만들 수는 없고, 그렇다고 말쿠트에 가고 싶지도 않다더군요."

"왜…… 말쿠트로 간다면, 도미니언이 될 수 있을 텐데……."

"그건……."

쿠루미도 그 이유는 알지 못했다. 그저, 어렴풋이 짐작이 될 뿐이다.

아마, 그녀는—

"아무튼, 카레하 양의 엠프티화는 이제 막을 수 없어요. 게다가 성가신 건 도미니언을 맡을 수 있을 정도의 힘을 지니고 있다는 점이랍니다."

"……퀸에게 이용당할 가능성이 있는 건가요……?"

"예. 제가 우려하고 있는 건 바로 그 점이며, 아마 카레하 양도 그걸 자각하고 있겠죠. 그러니—."

"……소멸을 선택할 거라는 건가요? 말도 안 돼요!"

히비키는 자리에서 벌떡 일어섰다. 쿠루미도 결단을 내리지 못하고 있었다. 남 일인데도 불구하고, 방법이 없는지 필사적으로 찾고 있다.

죽느냐, 죽이느냐.

그 둘 중 하나를 선택해야만 한다면, 쿠루미는 망설임 없이 죽이는 쪽을 택할 것이다.

하지만, 그것은 자신이 토키사키 쿠루미이기에 내릴 수 있는 선택이다. ……카레하에게 그 선택을 강요할 만큼, 쿠루미는 자신이 올바른 삶을 살아왔다고 자부할 수 없다.

"그건 옳지 않아요."

"저희에게 그런 결정을 내릴 자격이 있을까요?"

"윽……."

히비키는 고개를 숙였다.

"뭔가…… 방법이…… 없을까요……."

히비키는 쥐어짜는 듯한 어조로 말을 이었다. 쿠루미는 히비키의 손을 움켜쥐며 안타까운 어조로 물었다.

"제가 그걸 묻고 싶었답니다. 그녀를 구할 다른 방법이 없을까요? 예를 들어, 삶의 보람을 바꿀 수는 없나요?"

"그건…… 모르겠어요."

"다른 사람…… 미즈하 양이나 키라리 양처럼, 예소드에서 평온하게 살 수는 없을까요?"

"그것도……."

모르겠어요, 하고 히비키는 안타까운 어조로 중얼거렸다.

"……아마 카레하 씨도 여러모로 시도를 해봤을 거라고 생각해요. 그리고 다양한 시도와 조사 끝에 그런 결론에 도달한 거겠죠."

카레하도 애초부터 체념한 것은 아니리라.

도미니언인 만큼, 다양한 정보도 손에 넣을 수 있을 것이다. 그런데도, 그런 결론에 도달하고 만 것이다.

"하다못해, 말쿠트에서 살아가려 한다면……. 아뇨, 그것도 무리일 거예요. 말쿠트에서도 개개인마다 차이가 존재하니까요. 듣자하니 카레하 씨는 가장 심각한 상태예요……. 지금까지 살아있었던 게 기적이나 다름없어요."

말아 쥔 히비키의 두 손은 떨리고 있었다.

한때 엠프티였던 히비키에게 있어서 이것은 결코 남 일이 아니었다.

"무엇보다, 카레하 양 본인이 말쿠트에서 싸우는 것을 바라지 않아요. 아니, 솔직히 말해 복잡한 상황이군요. 살기 위해서는 죽일 수밖에 없죠. 하지만 그것을 삶의 보람으로 삼는 것을 거부하고 있는 거예요……."

쿠루미는 카레하의 그 힘없는 미소를 기억하고 있었다. 쿠루미와 사투를 벌인 덕분에 잠시 더 인계에 머무를 수 있게 되었지만…… 그렇다고 토키사키 쿠루미와 영원토록 사투를 벌일 수는 없다.

무리다. 도저히— 손쓸 방법이 없다.

"……아무튼, 그 두 사람을 지켜보는 수밖에……."

"그 방법밖에 없을 것 같군요……."

히비키와 쿠루미는 동시에 한숨을 내쉬었다.

매미가 또 울기 시작했다. 전에는 이 소리를 듣고 풍취가 있다고 생각하며 즐거워했지만, 지금은 시끄럽게 느껴졌다.

"……카레하 씨는 계속 괴로워했던 걸까요."

"이야기를 들어보니…… 아무래도 그랬던 것 같군요."

절친이라도…… 아니, 절친이기 때문에 전할 수 없는 일이 있다.

"어이~, 히고로모 대령, 토키사키 쿠루미~!"

그때, 갑자기 들려온 목소리에 두 사람은 펄쩍 뛰듯 몸을 일으켰다.

고개를 돌려보니, 쥬가사키가 눈에 들어왔다. 그런 그녀의 뒤편에는 카레하가 있었다.

"있지, 있지! 반오인성— 아, 아니지. 내 성 말인데, 한동안 미즈하한테 맡기기로 했어. 그리고 카레하가 별장을 가지고 있다네. 거기서 한동안 놀까 하는데, 어때?!"

어때, 라니 대체 뭘 어쩌자는 소리일까.

그래도 분위기를 통해 무슨 말인지 얼추 이해한 쿠루미와 히비키는 서로를 쳐다본 후, 일단 고개를 끄덕였다.

"좋아, 그럼 바로 출발하자! 우리끼리 여름방학을 만끽하는 거야!"

쥬가사키가 주먹을 치켜들며 그렇게 외쳤다.

카레하는 그 모습을 지켜봤으며, 쿠루미와 히비키는 시선을 피했다.

"어울려 달란 말이야~~~!"

쥬가사키의 고함 소리가 찻집에 울려 퍼졌다.

카레하는 웃음을 흘리면서 쥬가사키의 볼을 손가락으로 가볍게 찔렀다.

엠프티가 되어 가고 있다는 것이 믿기지 않을 만큼, 그녀는 활기차고 발랄했다. 히비키는 한순간, 쿠루미가 착각을 한 걸지도 모른다는 희망에 사로잡혔다.

저렇게 쥬가사키를 놀리는 카레하가 엠프티 같은 게 될 리가 없다고 믿은 것이다.

하지만 카레하는 히비키와 눈이 마주치자 입술에 손가락을 댔다. 그리고 쥬가사키 몰래 힘없는 미소를 지었다. 그 미소를 본 순간, 히비키는 깨달았다.

―아아, 끝났구나.

그녀는, 이미 종점에 도달하고 만 것이다.

"자, 내 별장이 가까. 환영하께~."

◇

카레하의 별장이라는 곳은 일본은 낡은 민가와 별반 다르지 않았다.

카레하는 태연한 표정으로 「풍취가 있재?」라고 말했다. 쥬가사키는 「그 천수각보다는 훨씬 인간미가 넘치네!」라고 말하며 기뻐했다.

"어머, 욕실은 넓고 깨끗하군요. 그걸로 충분해요."

쿠루미는 욕실을 보더니 만족한 것처럼 고개를 끄덕였다.

"욕실은 최신 설비대이. 인계에는 벌레가 없으니까 활짝 열어놓고 지내도 된다 아이가. 현실세계였으면 툇마루에서 지네, 딱정벌레, 노린재 같은 게 날아다니고, 모기한테 피를 왕창 빨렸겠재……."

"지네는 날아다니지 않는데요?"

"천장에서 떨어지면 나는 것과 별반 다르지 않대이."

"윽!"

쿠루미는 그 광경을 상상한 건지 몸을 부르르 떨었다. 준정령이든, 정령이든, 지네가 천장에서 떨어지면 다들 놀라는 것 같았다.

"참, 저는 침대가 아니면 잠을 못 자는데 말이죠."

"이부자리에서 자그라. 이 집과 침대가 어울릴 것 같나? 절대 허락 못한대이."

"쿠루미 씨, 쿠루미 씨. 저랑 한 이부자리에서 같이 자요."

"저는 정조의 위기를 느끼면 무의식적으로 〈자프키엘〉로 상대를 쏴버리는데, 그래도 괜찮다면……."

"방금 한 말은 취소할게요!"

"기왕 넷이니까 우물 정(井) 자 모양으로 자는 거야!"

"즉, 나란히 누운 두 사람 위에…… 다른 두 사람이 교차되어서 눕는 거군요. 재미있을 것 같아요. 히비키 양이 밑에 누우세요."

"그럼 엄청 무거울 것 같은데요?! 아, 아뇨! 하나도 무겁지 않아요! 쿠루미 양은 깃털보다 가벼우니까요, 썰~!"

〈자프키엘〉로 두 볼을 압박하는 고문에, 히비키는 결국 굴복했다.

"좋아! 그럼 내가 올라타면 되겠네! 카레하는 무거울 것 같으니까 말이야!"

"……내보다는 니가 더 무거울 기다."

"뭐?" "응?"

쥬가사키와 카레하가 서로를 노려보았다. 둘도 없는 절친 사이에도 절대 양보할 수 없는 게 이 세상에는 존재하는 것이다.

"누가 더 무거운지는 체중계로 재어보면 바로 알 수 있지 않을까요?"

그리고 기쁜 마음으로 불에 기름을 끼얹는 타입인 토키사키 쿠루미가 세면장에 있는 낡은 체중계를 가지고 왔다.

"자, 누구부터 올라가겠어요?"

"……나, 나부터 잴래!"

쥬가사키는 상의와 양말을 벗고 체중계 위에 올라갔다. 유감스럽게도 체중은 준정령의 최중요 기밀사항이었다. 그러니 허용되는 언어적 표현만으로 상황을 묘사하자면, 『그녀는 이상적인 숫자를 약간 벗어난 듯한 느낌이 들었기에 인상을 찡그렸다』라고 할 수 있으리라.

"다음은 내 차례대이. ……하앗!"

카레하는 자신만만하게 웃으면서 영장을 전부 벗어던졌다.

"히이익?!"

"그렇게까지 하는 거야?!"

"이러고도 지면 그야말로 절망적이겠군요."

카레하는 실오라기 하나 걸치지 않은 채 체중계에 올라갔다. 다시 한 번 말하지만 체중은 준정령에게 있어 최종요 기밀사항이다. 그러니 허용되는 언어적 표현만으로 상황을 묘사하자면, 『카레하는 체중계의 숫자를 보더니 의기양양한 표정을 지었다』라고 할 수 있으리라.

"으그그그극! 어이, 비켜 봐!"

그리고 쥬가사키도 알몸이 됐다. 하지만 같은 전투형일지라도, 몸을 철저하게 단련한 쥬가사키와 적절한 운동을 하면서도 몸을 가꾼 카레하는 체중에서 차이가 날 수밖에 없었다.

"맙, 소사……."

키는 거의 동일하고, 체형도 거의 비슷하다. 하지만 체중만 다르다. 차이가 났다.

그런 슬픈 현실이 밝혀진 것이다.

참고로 그런 두 사람의 뒤편에서 쿠루미와 히비키도 체중을 쟀다. 그리고 곧 쿠루미는 의기양양한 표정을 지었다.

체중계로 즐겁게 논 그녀들은 다함께 집을 청소하기로 했다.

"……여기는 인계니까, 그냥 내부를 리셋하면 되지 않나요?"

"쿠루미 씨다운 호쾌한 방식이군요……."

"내는 이 집에 애착이 있으니, 그건 좀 봐도~."

……카레하가 그렇게 주장하자, 네 사람은 손에 청소도구를 들고 함께 청소를 시작했다.

히비키는 이런 일이나 하고 있어도 되는 걸까, 하고 문득 생각했다.

하지만, 이런 일이기 때문에— 해야만 하는 걸지도 모른다는 생각이 들었다.

머리카락이 새하얗게 변했는데도, 카레하의 태도에는 변

함이 없었다. 소멸을 두려워하지 않는 것⋯⋯처럼 보였다.

그것은 각오를 다졌기 때문일까. 아니면 아직 포기하지 않았기 때문일까.

히비키는 후자이면 좋겠다고 진심으로 소망했다. 하지만, 아마 또 하나의 답에 가까우리라.

반오인 카레하는 이미 자신의 결말을 받아들인 것이다.

◇

청소를 마쳤을 즈음, 쿠루미와 히비키는 별장에서 조금 떨어진 곳에 있는 숲을 산책⋯⋯한다는 명목으로 외출한 후, 그림자 안에 있던 시스터스를 불러냈다. 쥬가사키는 카레하와 함께 저녁 식사를 준비 중이다. 부엌이 비좁아서 넷이서 요리를 하는 건 무리이기에, 카레하와 쥬가사키, 그리고 쿠루미와 히비키가 번갈아 식사를 만들기로 했다.

하지만 불러낸 시스터스는 「저는 별다른 제안이 없습니다」하고 고개를 저었다.

"시스터스, 당신은⋯⋯ 카레하 양의 결단에 찬성하는 건가요?"

"예. 『저』라는 존재가 어떤 소망을 품든 그것은 자유지만, **저**는 그냥 지켜보는 걸 권하고 싶군요."

"하지만, 시스터스 씨⋯⋯."

"인계도, 건너편 세계도, 그저 아름답기만 한 장소는 아니에요. 저희는 이미 그것을 알고 있잖아요?"

알고 있다. 처절할 정도로 잘 알고 있다.

히고로모 히비키는 복수에 몸을 맡긴 적이 있고, 토키사키 쿠루미는 무시무시한 과거와 격전을 경험한 끝에 지금 이 자리에 있는 것이다.

가장 평화로운 영역인 예소드에서도, 싸움을 피하지는 못했다.

"죽음도, 소멸도, 인계에서는 피할 수 없는 결말이랍니다. 그리고 그 대부분은 갑작스럽게 찾아오죠. 그러니…… 카레하 양은 그나마 나은 편이라고 생각할 수도 있지 않을까요?"

"그건―."

말쿠트에서는 수많은 준정령들이 원통함에 사로잡힌 채 스러졌다.

예소드와 호드 또한, 예외는 아니다.

아무튼, 그녀들은 마지막을 맞이하지 못한 채, 사라졌다. 카레하는…… 스스로 마지막을 정했다.

이곳이 끝이라고…….

이곳에서 작별해야 한다고…….

그러니 카레하의 마지막은, 어찌 보면 이상적인지도 모른다.

"……그래도, 역시……."

뭔가가 부족한 느낌이 들었다. 뭔가를 보지 못한 느낌이 들었다. 히비키는 그렇게 생각했다.

"슬슬 저녁을 먹을 때 아닌가요? 저는 이만 실례하죠."

시스터스는 쿠루미의 그림자 안으로 들어갔다. 같은 토키 사키 쿠루미라고 해도, 탄생한 순간과 각자가 걸어온 과거에 따라 차이가 발생한다. 그리고 시스터스는 다른 쿠루미와 너무나도 다른 과거를 살아왔다. 그 후, 시스터스는 아무리 불러도 나오지 않았다.

저녁 식사는 식힌 가지 조림, 생선구이, 돼지고기 생강구이, 된장국, 그리고 흰 쌀밥으로 구성된 일본식 메뉴였다.

"오래간만에 손수 만들어봤는데, 맛이 어떻노~?"

"아, 맛있네요. 응, 돼지고기 생강구이를 반찬 삼아 쌀밥을 먹으며 된장국을 마신다…… 으으, 일본인이 된 것 같아요……!"

"히비키 양, 당신은 일본인이 아닌 건가요?"

"사실 저는 국적 불명이에요."

"나도 일본인이 아닌 것 같아."

쥬가사키가 그렇게 중얼거렸다.

"이제라도 개명하는 게 어떻노?"

"싫어. 나는 이 이름이 좋아. 사전을 뒤져봤는데 총(銃), 격렬(烈), 아름다움(美)이라는 의미라며? 흐흥, 나한테 딱 어울리는 이름이네!"

"확실히 글자를 하나하나 따로 떼어서 의역을 하면, 멋진 이름처럼 들리긴 하네요……."

"그러고 보니 쿠루미(狂三)의 광(狂)은 크레이지라는 의미의 광이지?"

쥬가사키의 물음에 히비키는 그렇다고 말하며 대충 넘어갔다.

"쿠루미 씨에게는 MADNESS(광기)가 더 어울릴 것 같아요!

"내는 INSANITY(광기)가 더 그럴듯할 것 같대이. SAN치 체크 같은 말도 흔히 쓰인다 아이가."

카레하도 의견을 내놓았다. 그러자 쿠루미는 흥 하고 코웃음을 치며 고개를 돌렸다.

"예, 예. 아무래도 상관없답니다. 저는 이 이름이 꽤 마음에 드니까 신경 꺼주면 고맙겠군요."

"이름 하니 생각 난 건데, 내 이름도 착각하는 사람이 많대이."

카레하는 불쑥 생각난 것처럼 그렇게 중얼거렸다.

"착각?"

"아~. 혹시 카레하(華羽)가 아니라, 마른 잎이라는 뜻인 카레하(枯葉)로 착각하나요?"

히비키가 그렇게 말하자, 카레하는 고개를 끄덕였다.

"빛날 화(華)에 깃 우(羽)로 카레하인디, 국어 낭독 때 카레하(枯葉)라는 단어가 나올 때마다 바보 같은 남자애들이

낄낄 댔다 아이가."

"어머나. 저였다면 즉시 반 교수형에 처했을 거랍니다."

"으윽! 반 교수형의 의미는 모르겠지만, 엄청 무섭네요!"

"내는 그런 광기어린 짓은 안 한대이. 끽해야 반 송장 정도로만 만들기다."

"그것도 충분히 무섭거든요?!"

"구체적으로 설명하자면, 남자애를 넘어뜨리고 바지를 확 벗겨버린 다음, 다리를 그 바지로 묶어서……."

"카레하 양은 의외로 개구쟁이였군요."

"옛날이야기대이. 그리고 내는 선제공격은 한 적은 읎다. 내 이름을 가지고 놀리거나, 미즈하를 괴롭힌 애들하고만 싸웠대이."

카레하는 태연한 표정으로 그렇게 대답했다.

"나는 건너편 세계에서의 일이 하나도 기억 안 나~."

쥬가사키는 고개를 갸웃거렸다.

"신기한 일이군요. 아, 그래도 기억 못하는 게 좋은 일이에요. 하지만 어째서인지 저희는 다양한 것들을 알고 있죠. 예를 들면, 저는 제가 지닌 천사의 이름이 〈자프키엘〉이라는 걸 알고 있답니다. 하지만 건너편 세계의 기억은 어렴풋이만 기억하죠. 마치 기나긴 꿈을 꾸고 있는 것처럼 말이에요."

"그렇대이. 인계는 기나기이이이이이인 꿈이대이. 꿈이니까 악몽도 있고, 좋은 꿈도 있는 기다. 그리고 언젠가는 깨고 말겠재."

카레하는 즐거운 듯이 웃으며 생선을 맛있게 먹었다.

"나는 깨고 싶지 않아. 여기가 꿈속이라면, 영원토록 꿈을 꿔도 돼."

쥬가사키는 그렇게 말하면서 돼지고기 생강구이를 향해 젓가락을 뻗었다.

◇

밤이 되었다. 우물 정자 모양으로 자는 건 관뒀지만, 전원이 한 방에서 같이 자자는 쥬가사키의 제안에 따라 네 사람은 방에 깔린 네 개의 이부자리 안에 들어갔다.

"……이런 것도 좋네."

"쥬가사키 양, 저는 졸리니 조용히 해주지 않겠어요?"

"에이, 매몰차게 굴지 마. 다 같이 무슨 이야기라도 하자!"

"어떤 이야기 말이죠?"

"히고로모 대령, 보통 이럴 때는 어떤 이야기를 하지?"

"으음, 보통 사랑이야기를 하는데……."

"사랑이야기를 하자는 거군요. 그럼 저부터 이야기하겠어요."

"관두죠. 왠지 쿠루미 씨의 독무대가 될 것 같거든요."

"어……."

쿠루미의 목소리가 확 가라앉았다. 히비키는 그 목소리를 듣고 숨을 삼켰다.

"저, 저기…… 나도 사랑이야기를 하고 싶은데……."

"호오, 내도 그거라면 흥미가 있대이. 좋아하는 사람이라도 있는 기가?"

쥬가사키가 손을 들며 그렇게 말하자, 카레하는 놀리는 어조로 물었다.

"……아니, 그게 말이야. 사랑이란 건 어떤 감정……인 걸까……?"

"그런 것도 모르는 기가." "그런 것도 모르나요." "그런 것도 모르는 건가요?"

세 사람의 반응에 쥬가사키는 얼굴을 새빨갛게 붉히더니, 신음을 흘리며 이불로 얼굴을 가리며 중얼거렸다.

"그렇지만, 모르는 걸 어떻게 해. 다들 말로는 설명을 못 하겠다고 하는걸."

쥬가사키가 말한 다들이란 아마도 반란군을 가리키는 것이리라.

"다른 사람들에게 물어본 기가?"

"몇 명은 옛날에 딱 한 번 만났던 **기억 속의 왕자님**을 사랑한다고 들었거든."

"호오, 왕자님…… 호오……."

그 순간, 쿠루미의 목소리가 낮아졌다. 윽, 하고 히비키는 신음을 흘렸다. 이 화제로 계속 이야기를 하다간 쿠루미의 지뢰를 밟아버릴 것 같은 느낌이 들었다.

"잘은 모르지만, 사랑에 빠진 준정령은 강했어. 매사에 발랄하고, 찬란히 빛나는 것 같더라니깐."

"그럴 기다. 누군가를 좋아하는 마음은 그만큼 강하다 아이가."

"……어, 잠깐만 있어봐. 혹시 카레하도 사랑을 하고 있는 거야?!"

"하고 있지 않다……고 단언을 못하겠대이. 내, 사랑을 하고 있는 걸지도 모르갔다."

카레하가 웃으면서 그렇게 말하자, 다른 세 사람은 충격을 받았다. 그와 동시에 쿠루미와 히비키는 재빨리 눈짓을 교환했다.

사랑을 하고 있다는 것은 이 인계에 미련이 있다는 의미다.

그 미련을 더욱 강하게 품는다면, 이 인계에 계속 존재해야 할 이유가 될지도 모른다!

"상대는 누구인가요?"

"알고 싶어요!"

쿠루미와 히비키의 물음에 카레하는 웃으면서 고개를 저었다.

"미안하지만, 그건 소녀의 비밀이란 거대이."

"으으, 그런 소리를 들으니 더는 못 물어보겠네. 좋아, 이 화제는 이걸로 끝!"

쥬가사키의 마무리에 히비키는 허둥지둥 반론했다.

"그, 그렇지 말고 계속 이야기해봐요! 상대는 가까운 누군 가일지도 모르잖아요?!"

"비밀이니까 절대 말 안 할 거대이~. 자, 이제 그만 자삐자."

"—쥬가사키 양, 맞죠?"

쿠루미가 직구를 던졌다. 쥬가사키는 깜짝 놀라면서 그대 로 굳어버렸고, 히비키는 쿠루미의 입을 막지 않았던 것을 후회했다.

카레하는 부드러운 미소를 머금으며 쿠루미의 질문에 답 했다.

"절반은 정답이대이."

"윽~~~~~?!"

그 말을 들은 순간, 쥬가사키는 이부자리에서 부리나케 튀어나왔다. 그리고 부들부들 떨면서 고속으로 춤이라도 추 는 것처럼 손발을 버둥거렸다.

"어, 어어엇?! 어, 으음, 어~~~?!"

"남은 절반은 비밀인기다~."

쥬가사키가 당황할 대로 당황한 가운데, 카레하는 웃음을 흘렸다. 쥬가사키는 패닉에 빠진 채 방 밖으로 뛰쳐나갔다.

"히비키 양, 쫓아가 주겠어요?"

"아이 아이 썰~!"

히비키도 이부자리 밖으로 뛰쳐나가 쥬가사키를 쫓아갔다.

그런 히비키를 배웅하듯 쳐다보던 쿠루미가 어이없다는 표정을 지으며 카레하에게 물었다.

"진심으로 한 말인가요? 아니면 단순한 농담인가요?"

"전부 진심인기다."

"하지만, 그렇다면— 어째서죠?"

왜, 죽으려고 하는 건가.

삶을 포기하는 건가.

사랑을 하고 있다면, 계속 살고 싶은 게 당연하지 않을까?

—아니, 뭔가가, 다른 듯한 느낌이 들었다.

뭔가가 어긋나 있다. 뭔가가 비틀려 있다. 자신은, 그녀의 심정을 이해할 수 있다.

같은 행동을 했다. 삶을 포기하는 한이 있더라도, 그 한 순간의 교차를, 해후를, 미친 듯이 갈구했다.

왜냐하면, 그것이 행복인 것이다. 머지않아 다가올 최후를 앞당기게 될지라도…….

그녀에게 반항하게 되더라도…….

……노이즈로 범벅이 된 기억을 떨쳐냈다. 눈앞에서 부드러운 미소를 머금고 있는 카레하를 쳐다보며, 어쩔 수 없다는 듯이 미소를 지었다.

"당신, 정말 좋아하는군요."

"응. 진짜로 좋아한대이."

카레하가 비밀스러운 미소를 짓자, 쿠루미는 드디어 이해가 될 것만 같았다.

"아아우우우아아아우우우아아아아……."

쥬가사키는 몸을 웅크린 채 필사적으로 수치심을 참았다.

"쥬가사키 씨~, 장군~, 괜찮으세요~?"

"전혀 괜찮지 않아."

히비키도 어쩔 수 없이 몸을 웅크렸다. 얼굴이 새빨개진 채 고뇌(?) 중인 그녀는 그 나이대의 소녀처럼 정말 귀여웠다.

"좋아한다는 말을 들어서 참 기쁘겠네요~. 에잇, 에잇~."

팔꿈치로 찌를 때마다 반응을 보이는 쥬가사키를 보니 좀 즐거웠다.

"기쁘긴 해! 기쁘긴 한데~!"

"아, 혹시 사랑한다는 말을 듣고 그렇지 않다는 생각이 든 거예요?"

"윽!"

쥬가사키가 그대로 굳어버렸다.

"그, 글쎄……. 잘은 모르겠지만, 기쁘기는…… 했어……."

"그럼, 잘 된 거 아닌가요?"

"하, 하지만…… 절반만이라잖아."

"이제부터 쥬가사키 씨가 남은 절반도 확 차지해버리면 되잖아요! 적어도 쳐다봐주지도 않는 것보다는 몇 배는 낫다고요!"

히비키는 자기가 한 말에 어마어마한 대미지를 입었다. 뭐, 그런 『그녀』를 좋아하는 것이니 어쩔 수 없을지도 모르지만 말이다.

"히비키도…… 사랑을 하고 있는 거야?"

"……뭐, 아마…… 이게 사랑이 아닐까 하고 생각해요. 혹은 사랑이 아니라도 괜찮다는 느낌이 들어요."

언젠가 반드시 찾아올 이별을 위해, 히비키는 쿠루미의 뒤를 따랐다. 개처럼 충실하게, 고양이처럼 장난을 섞으면서 말이다.

반드시 헤어질 텐데도, 그것을 나쁘게 여기지 않는 자신이 존재했다.

상대에게 헌신하고 있기 때문이 아니다. 헌신 자체를 보수로 여기는 것도 아니다.

"―결국 같이 있고 싶은 거예요. 1초라도 오래 말이에요. 그게 사랑인 거라고 저는 생각해요."

"하지만……."

쥬가사키는 갑자기 인상을 찡그렸다. 그런 그녀의 눈에서 눈물이 흘러내렸다.

"……하지만, **카레하는 죽고 싶어 해.**"

"역시 알고 있었군요……."

당연했다. 모를 리가 없다. 그녀는 평화로운 호드에서라고
는 해도, 도미니언의 자리까지 올라간 준정령이다.

카레하의 엠프티화가 거의 말기 상태라면— 소멸 또한 시
간문제라는 것도 이해하고 있으리라.

"하지만, 그렇다면 쥬가사키 씨도 저희와 함께 카레하 씨
를 말려요!"

"……하지만, 무서워."

"무섭다고요……?"

"만약, 만약 내 설득을 듣고, 카레하가 울면서 사라지고
싶지 않다며, 애원하고, 매달리지만, 결국 사라져버리고 만
다면……!"

무섭다고 그녀는 울부짖었다.

"……하지만, 이대로 있다간 그 마음조차 전할 수 없잖아요!"

히비키는 그게 얼마나 힘든지 알고 있다.

결국 사랑을 전하지 못했다. 그 점이 때로는 명확한 복수
심으로 변모할 때도 있다.

자신이 그랬기에, 알고 있다.

"단언할게요. 하다못해, 하다못해 자신의 마음만이라도
전부 전하지 못한다면— 쥬가사키 씨는 분명 평생 후회할
거예요."

"마음만이라도…… 전부……."

히비키는 그녀의 두 손을 꼭 움켜쥐며 억지로 일으켰다.

"내일! 저녁때! 고백하죠!"

"고백?!"

"저의 직감이지만, 아마 남은 시간은 이틀도 채 되지 않을 거예요. ……그러니까, 싸우죠. 예. 이건 싸움이에요. 쥬가사키 씨가 데이트를 해서, 반오인 카레하 씨에게 삶의 보람을 깨우쳐주는 거예요!"

"내, 내가…… 데이트…… 으, 으으…… 자, 자신 없어……."

"괜찮아요! 남은 절반의 사랑도 차지해 버리는 거예요!"

하지만 카레하가 남은 절반의 사랑을 바친 상대는 대체 누구일까.

쥬가사키가 아는, 카레하와 가까운 이라고는 여동생인 미즈하와 사가쿠레 유이뿐이다.

친동생인 미즈하, 자동인형인 사가쿠레 유이, 두 사람 다 연애대상이라고 하기에는 고개를 갸웃거릴 존재다.

그럼, 대체 누구일까.

"도미니언 중 누군가……이려나요……?"

"아니, 그렇지 않다……고 생각해. 영역회의 후에는 항상 녹초가 되거든……. 정신적으로 엄청 지친댔어. 애초에 다른 도미니언과 친했다면, 소문이 나고도 남았을 거라고 생각해."

"뭐, 그건 맞아요."

"그러니까, 남은 절반이 누구인지는 몰라……. 즉, 내가 모르는 카레하가 존재하는 거야……."

"하지만, 쥬가사키 씨는 카레하 씨의 사랑 중 절반을 차지하고 있어요. 잠정 동률이기는 해도 1위죠. 그러니…… 해보는 수밖에 없어요."

"……해보는 수밖에, 없다……."

쥬가사키는 수치심과 고통으로 가득 찬 표정을 지었지만, 이윽고 결의로 얼굴을 가득 채우며 차분한 어조로 선언했다.

"알았어. 해볼게."

"예! 해보죠!"

쥬가사키와 히비키는 서로의 손을 꼭 잡았다. 그런 두 사람의 눈에는 희망이 어렸다.

남은 절반.

그녀가 사랑하고 있는 누군가― 쥬가사키는 어렴풋이나마 눈치챘다.

어쩌면, 그 상대는 쥬가사키가 절대 당해낼 수 없는 존재일지도 모른다.

○라스트 댄스

—화창한 봄을.

—애절한 가을을.

—애통한 겨울을.

—그리고, 그저 찬란하기만 한 여름을 여기에······.

"데이트하자!"

쥬가사키가 그렇게 외치자, 카레하는 눈을 깜박거렸다.

"데이트?"

"응. 안 돼? 싫어?"

"······안 되지도 않고, 싫지도 않대이. 그래, 데이트····· 데이트······."

카레하는 발그레해진 두 볼을 손으로 누르면서 배시시 웃었다.

"왠지 기쁘대이. 좋다. 데이트해삐자."

"응!"

쿠루미는 팔꿈치로 히비키를 찔렀다.

"히비키 양의 아이디어인가요?"

"예! 이 작전이라면 분명 성공할 거예요!"

쿠루미는 그 말에 반론하지 않았다. 어차피 이것이 필요한 일이라 생각했기 때문이다.

"그런데 레츠."

"응?"

"우리, 데이트 때 뭘 할끼고?"

"......."

쥬가사키의 얼굴에서 땀이 비 오듯 흘렀다.

"설마 아무 생각도 없었던 기가?"

카레하가 그렇게 지적하자, 쥬가사키는 울상을 지었다. 카레하는 한숨을 내쉬면서 손수건으로 쥬가사키의 눈가를 닦아줬다.

"데이트하기로 해놓고 그렇게 울면 어떻게 하노? 우선 영장을 데이트에 어울리는 형태로 가공하그라. 내는 할 수 있는데, 레츠도 영장의 겉모습을 바꿀 줄 아나?"

"아, 응. 할 수 있을 거야."

"내도 복장을 바꿀 테니까, 잠시만 기다려도~."

카레하는 가벼운 발걸음으로 옆방으로 가더니, 장지문을 닫았다.

"어머, 어머. 카레하 양, 꽤 마음이 들뜬 것 같군요. ......히비키 양, 쥬가사키 양의 영장 말인데, 두 사람이 함께 어떤 디자인으로 할지 생각해보는 편이 좋지 않을까 싶군요."

"쿠루미 씨는 어쩌고요?"

"저는 카레하 양이 걸칠 영장의 디자인을 생각해보겠어요~. 뭐, 저는 도움이 안 될지도 모르지만 말이죠."

쿠루미는 그렇게 말하면서 카레하가 있는 방으로 향했다. 남겨진 히비키와 쥬가사키는 서로를 쳐다보며 고개를 끄덕였다.

"좋아요." "해보자!"

반오인 카레하가 깜짝 놀랄 만큼, 멋진 디자인을 고안하는 것이다!

◇

"……저쪽은 그런 식으로 생각하고 있을 것 같은데, 뭔가 코멘트를 부탁드려도 될까요?"

"어어어어, 어떻게 하면 좋겠노? 내 옷이라고는 이것과 잘 때 입는 잠옷뿐이대이."

울상을 짓고 있는 카레하에게서는 아까까지의 여유를 눈곱만큼도 찾아볼 수가 없었다.

"뭐, 저도 코디네이트에 대해 해박한 편은 아니지만……."

하지만 S급 아이돌이 되었던 적도 있다. 그녀에게 어울리는 복장을 제안하는 것 정도는 일도 아니다.

"흰색 원피스에 밀짚모자, 그것 이외의 선택지는 존재하지 않아요."

"그건 너무 뻔한 거 아이가?! 내가 무슨 한여름의 신기루가?"

"어머, 역시 그런가요? 저는 평소에 검은색이나 빨간색 옷만 입기 때문에, 그런 복장을 동경......."

"니가 입을 게 아니대이! 그걸 입을 사람은 바로 내다!"

"아무튼, 저는 서양식 옷을 권하고 싶군요. 평소와의 갭 때문에 쥬가사키 양도 충격을 받을 게 틀림없답니다."

허둥대던 카레하가 움직임을 멈췄다.

"......충격을 받는 기가? 그것도 괜찮은 것 같대이."

카레하는 웃음을 흘렸다.

"응. 레츠를 깜짝 놀라서 자빠지게 만들어 삐자!"

그 후, 데이트를 하기로 한 시간이 되었다.

"그쪽은 준비가 끝났나요?"

"완벽 그 자체예요!"

"예. 이쪽도 준비가 끝났답니다. 그럼 장지문을 열도록 할까요?"

"좋아요. 하나~ 둘~ 셋~!"

쿠루미와 히비키가 동시에 장지문을 열었다. 카레하는 흰색 원피스는 아니지만, 흰색 민소매 블라우스에 무릎 위까지 올라오는 핫팬츠 차림을 했다. 기모노를 입었을 때와 다르게 무릎 아래와 두 팔이 훤히 드러나 있었지만, 카레하의 외모 덕분에 기품이 어린 듯이 보였다.

카레하와 쿠루미는 자신만만한 표정을 지으며 모습을 드

러냈지만— 쥬가사키의 모습을 보자마자 그 자리에서 얼어붙었다.

쥬가사키 레츠미는 유카타를 입고 있었다. 평소 대충 묶고 다니던 머리카락도 아름답게 땋았으며, 머리 장식도 꽂았다. 자세는 반란군 리더였을 때와 변함없이 당당하기 그지없었다.

쿠루미는 그 모습을 아름답다고 생각하며 감탄을 터뜨렸다.

"어, 어때……?"

"……으, 으음. 잘 어울린대이."

쥬가사키는 그 말을 듣고 활짝 핀 꽃처럼 환한 표정을 지었다.

"고마워. 그럼, 으음…… 어디에 갈까?"

"이 근처를 산책하는 건 어떻노? 수영복 입고 꺄아꺄아할 분위기도 아니고, 느긋하게 돌아다니는 것도 의외로 재미있을 거대이."

"그럼 그렇게 하자."

"그럼 가까, 레츠."

"응!"

누가 먼저랄 것도 없이 두 사람은 손을 맞잡았다. 그리고 쿠루미와 히비키를 향해 다녀오겠다고 말한 후 출발했다.

남겨진 두 사람 중 쿠루미는 약간 분한 표정을 지었고, 히비키는 의기양양한 표정을 지으며 가슴을 폈다.

"뜻밖이군요. 설마 유카타를 입을 줄은 몰랐어요."

"흐흥~, 우리 군의 승리예요! ……그런데, 이 데이트로 카레하 씨의 엠프티화를 막을 수…… 있겠죠?"

히비키의 물음에 쿠루미는 아무 말 없이 고개를 저었다.

"어째서요? 사랑은 강한 감정이에요. 카레하 씨가 진짜로 사랑을 하고 있다면—."

"……히비키 양, 카레하 양이 사랑하고 있는 또 한 사람이 누구인지 짐작이 되나요?"

"아, 그건 모르겠어요. 하지만…… 제 생각에는 이 인계 그 자체 같은 게 아닐까요?"

이 기적 같은 세계를 사랑하고 있다.

이 세계가 소중하고, 사랑스럽지만, 세계가 그 사랑에 응해주지 않는다면—.

"어머나. 그렇게 훈훈한 거라면 저도 기쁜 마음으로 어떻게든 해봤을 것이며, 어떻게든 됐을지도 모른답니다."

"……그게, 아닌 건가요?"

"……예. 아니랍니다. 슬프지만 완전히 빗나가고 말았어요. 저 또한 그런 거였으면 좋겠다고 생각하고 있죠."

하지만, 히비키는 짐작 가는 구석이 없었다.

반오인 카레하가 사랑을 할 상대라면, 주위에도, 도미니언 중에도—.

……아니, 잠깐.

한 명 있다.

"설마……."

히비키가 경악에 찬 표정으로 쿠루미를 쳐다보자— 쿠루미는 거북한 듯이 시선을 피했다.

"정말, 방법이 없는 건가요?"

히비키가 애절한 목소리로 호소했다. 그에 쿠루미는 묵묵히 〈자프키엘〉을 꺼내 쥐었다.

"저희가 할 수 있는 건, 하다못해…… 하다못해 그녀들이 조용히 작별을 맞이할 수 있게 해주는 것뿐이랍니다."

그리고 그 두 사람의 모습이 보이지 않게 됐을 즈음, 쿠루미는 방아쇠를 당겼다. 숲 속에서 모습을 드러낸 엠프티가 쿠루미와 히비키를 노려보았다.

"히비키 양, 주위를 감시해주세요." "예."

반오인 카레하의 결말을 감지한 엠프티들이 이곳으로 모여들고 있었다.

경고도, 충고도 하지 않으며, 쿠루미는 〈자프키엘〉의 방아쇠를 당겼다. 그녀들은 이 자리에 모여든 것만으로도 죄를 지었다. 카레하를 동료로 만들려고 한 시점에서, 토키사키 쿠루미와 적대관계가 된 것이다.

저 두 사람이, 이제부터 할 일이 얼마나 숭고할지 생각해 봤다.

엠프티들이 황홀한 표정을 지으며 방해하는 것은 절대 용납할 수 없다.

"절대 방해하게 두지 않겠어요. ─〈자프키엘〉!"

"저도 돕겠어요. 남의 사랑을 방해하는 녀석들은 총에 맞아도 싸요."

쿠루미뿐만 아니라 시스터스도 총을 쏘기 시작했다. 엠프티들도 처음에는 저항을 했지만, 곧 철저하게 유린당했다. 그렇게 엠프티들은 지극히 당연한 것처럼 괴멸됐다.

◇

손을 맞잡고, 그저 걷는다. 그럴 뿐인데도 가슴속에서 불똥이 튀는 듯한 느낌이 들었다.

그것은 결코 기분 나쁘지 않았다.

그 불똥이 튄 후, 가슴 속에 온기가 남기 때문이다.

카레하가 미소를 지어주고 있다는 것이 너무나도 기뻤다. 그래서 열심히 이야깃거리를 생각했다. 다행스럽게도, 이야깃거리는 셀 수도 없을 만큼 많았다.

두 사람 다 이야깃거리가 마음속에 쌓여 있었던 것이다. 도미니언과 그 도미니언에게 맞서는 반역자─ 그동안 대립 관계인 탓에 대화를 나눌 수가 없었다.

그런 나날이 오랫동안 계속됐다.

그래서 이런 책이 있다, 이런 게임이 있다, 친구(라기보다

부하지만)와 이런 유쾌한 사건이 있었다— 그런 별것 아닌 이야깃거리가 계속 쌓여만 갔던 것이다.

"……이게, 사랑이라는 걸까?"

그리고 쥬가사키가 느닷없이 폭탄 발언을 입에 담았다. 그런 그녀의 표정은 진지하기 그지없었다.

"나는 카레하와 더 이야기를 나누고 싶어. 할 이야기라면 얼마든지 있고, 이렇게 카레하와 손도 맞잡고 싶어. 함께 바다에도 가고 싶고, 같이 놀고 싶기도 해. 카레하와 같이 하고 싶은 게 산더미처럼 있어."

쥬가사키는 그렇게 말하며 카레하를 지그시 쳐다보았다.

"레츠는 역시 알고 있었던 기가."

카레하는 당연히 알 거라고 생각하며 천천히 한숨을 내쉬었다.

"당연하잖아. 카레하에 대한 거라면 모르는 게 없어. ……아, 그래도 모르는 게 딱 하나 있어."

그것을 묻는 것이 바로 끝을 알리는 신호처럼 느껴졌다.

하지만, 그것을 묻지 않는 한 앞으로 나아갈 수 없을 듯한 느낌이 들었다.

흐뭇한, 그리고 별것 아닌 대답이었으면 좋겠다고 쥬가사키는 소망했다. 한차례 심호흡을 한 뒤, 카레하는 보석 같은 눈동자로 쥬가사키를 지그시 응시했다.

"……카레하가 사랑하는 또 한 사람은 누구야?"

카레하는 아주 약간, 몸을 움찔했다.

"어떤 준정령이야? 도미니언……은 아니지? 하지만 이해가 안 돼. 나를 싫어하거나, 딱히 좋아하지 않는다는 건 이해할 수 있을 거야. 물론 슬프기야 하겠지만 말이야."

아니다. 분명 아니다.

만약 그런 거라면, 그녀는 분명 볼을 붉혔을 것이다. 부끄러워하면서, 사랑을 이야기했을 것이다.

하지만, 그녀의 얼굴에 어린 것은 바로 체념이었다.

그래서, 그녀가 사랑하는 상대가 **언급하는 것조차도 주저되는 상대라는 것을 알 수 있었다.**

"내는 말이재."

"응."

"퀸을, 강제로 사랑하게 되었대이."

카레하의 눈에서 눈물이 흘러내렸다.

그 순간, 쥬가사키는 모든 영역에 돌고 있는 소문을 떠올렸다.

퀸에게 충성을 맹세한 엠프티들은 광신적으로 그녀를 신봉한다.

그것은 일종의 세뇌능력일 거라 여겨지고 있다. 그리고 그것은 엠프티에게만 효과가 있기에, 엠프티가 되지만 않는다면 안전하리라고 여겨졌다. 하지만—

"강제로 사랑하게 되었다는 게…… 무슨, 소리야?"

"내는 퀸과 싸운 적이 있는 기다. 확실치는…… 않지만 말이대이."

전투형 준정령, 그리고 다른 영역의 도미니언도 참가해서 엄청난 격전을 펼쳤다. 전투 기억, 그리고 함께 싸웠던 자들의 얼굴은 생각이 나지 않지만 말이다.

『대부분 오늘 처음 만나는 이들이군.』

그 말은 카가리케 하라카만이 아니라, 자신이나 다른 도미니언을 향한 말이었던 게 아닐까.

"그때, 내는…… 아마, 공격을 받은 걸끼다. 그리고 그때, 『사랑』에 감염되어버린 기다."

"사, 랑……."

엠프티들은 퀸을 사랑한다. 그것도 단순한 사랑이 아니다. 목숨마저 주저 없이 바칠 수 있는 사랑이다.

……하지만, 그 힘은 상상 이상으로 강력하고, 흉악하며, 정열적인데다, 절망적이었다. 퀸에게 사랑이란 바이러스이자, **무기**인 것이다.

범하고, 유린하고, 능욕한 끝에, 망가뜨린다.

"절반밖에 안 되는 기다. 내는 레츠를 진짜로 좋아했는데, 이제 절반만 좋아하게 되었대이."

"카레하……."

쥬가사키는 카레하를 향해 뛰어가고 싶었지만, 움직일 수가 없었다.

포기하지 마, 힘내, 지지 마— 그런 흔한 말들만 떠오르는 자기 자신이 싫었다.

아마 카레하는 지금까지 최선을 다했을 것이다. 그랬는데도, 막을 수가 없어서—.

"그러니까, 어쩔 수 없대이. 이대로 작별하는 기다."

"카레하……!"

안 된다. 자신은 아직 전하고 싶은 것이 있다.

하지만 말로는 이 마음을 전할 수 없다. 좋아한다고 아무리 외쳐본들, 얼마나 좋아하는지는 상대방에게 전해지지 않는다. 똑같은 말을 백 번 해도, 목청껏 외쳐도, 속속들이 전해질 리가 없는 것이다.

"……으음, 이제 한계인 것 같대이. 여름방학은 이제 끝난 기다."

—그것은 끈이 풀리는 듯한 이미지였다.

보통 엠프티화가 된 자는 기억도, 생각도, 긍지도, 본능마저도 전부 잃은 채로 소멸된다.

그리고, 바로 그 틈에 퀸이 마수를 뻗는 것이다. 그 공백을 메우듯, 퀸을 향한 사랑을 주입하는 것이다. 그 사랑은 준정령 개개인의 성질에 따라 형태가 변화되며— 대부분은 숭배 혹은 광신에 빠져든다.

카레하는 견뎠다.

자신이라는 존재를 강하게, 강하게 유지하며 이 순간까지

버렸다.

"왜냐하면, 마지막 순간까지 레츠와 같이 있고 싶었다 아이가."

"왜 나야? 미즈하나 네 동료들도 있잖아!"

"응. 미즈하는 소중하대이. 엄청 소중한기다. 게다가 예소드의 도미니언이 됐다 아이가. 만에 하나라도 상처를 입혀선 안 된대이. 게다가 가족으로서도 사랑하고 있으니까 말이재."

"……그럼, 왜 나와…… 같이 있고 싶었던 거야?"

카레하는 미안함이 어린 미소를 머금었다.

"**내 아집인기다. 만에 하나 상처를 입히더라도, 레츠와 같이 있고 싶었대이.**"

무서웠다. 만일, 퀸을 향한 사랑이 쥬가사키 레츠미를 향한 사랑을 능가한다면, 카레하는 쥬가사키를 상처 입힐지도 모르는 것이다.

"아……."

그래도, 절반의 사랑이 이겼다.

카레하는, 퀸에게 승리한 것이다.

"미안하대이. 진짜로 미안타. 용서해도. 이런 꼴사나운 모습을 보여서, 니 앞에서 이렇게 질질 짜서……. 그래도, 그래도 내는—"

당신과, 같이 있고 싶었어요.

이 여름을, 당신과 함께 보내고 싶었어요.

싸우고, 즐기고, 놀면서, 함께 보내고 싶었어요.

"나도!"

쥬가사키 또한 지지 않겠다는 듯이 외쳤다. 각오를 다졌다. 사랑이란 자신뿐만 아니라 상대에게도 상처를 입히는 감정인 것이다.

"이대로 너와 이별하는 건 정말 싫어. 분하고, 슬퍼. 어떻게든 하고 싶어. 하지만, 분명 내가 어쩌지는 못하는 거지? 그럼 하다못해 이 말이라도 할래. 카레하!"

"응."

그리고, 사랑에 있어 가장 중요한 것은 바로 상처를 입는 것도, 상처를 입히는 것도 두려워하지 않는 것이다.

쥬가사키는 넘쳐흐르는 눈물을 숨기지 않았다. 카레하도 마찬가지였다.

울고, 또 울며, 절망한 끝에, 이 결말에 도달했다.

"사랑해." "내도 사랑한대이."

"말로 표현하지 못할 만큼." "사랑한대이."

"하지만." "그러니까."

카레하는 마지막으로, 모든 사랑을 담아…….

쥬가사키는 마지막으로, 말로 다 표현하지 못한 감정을 눈물에 담아…….

"잘 가, 카레하."

"잘 있그라, 레츠."

기적 같은 만남은, 기적처럼 끝을 고했다.

"아아—."

오렌지색으로 물든 하늘, 반짝이는 금빛과 함께……. 반오인 카레하는 소멸했다.

쥬가사키 레츠미는 손을 뻗어, 아까까지 이 자리에 있던 소녀가 사라졌다는 것을 실감했다.

이것이, 죽음이다.

어떤 식으로 표현하든, 이것이 죽음이자, 상실이다.

"카레하, 카레하, 카레하—!"

더, 놀고 싶었다. 더, 이야기하고 싶었다. 더, 함께 있고 싶었다.

영원히, 이 놀이를 계속할 수 있을 거라 생각했다.

온몸을 짓누르는 후회를 받아들였다. 가슴을 움켜잡으며, 몸을 일으켰다. 눈물이 났지만, 그래도 등을 보이며 걸음을 내디뎠다.

……그런 그녀의 눈앞에 두 사람이 나타났다. 토키사키 쿠루미와 히고로모 히비키였다.

"나, 혼자서 카레하를 독점해버렸어."

"······그랬군요."

카레하가 작별을 고해야 할 사람은 많았으리라. 동료인 준정령, 친동생인 반오인 미즈하······.

하지만, 카레하는 도미니언으로서의 권세를 내던지고, 사랑하는 상대와 함께 있는 것을 선택했다.

쥬가사키는 그것이 너무나도 기뻤다.

히비키는 그 처절한 선택을 알고 눈물을 흘리며, 자신도 그런 선택을 할 수 있을지 생각해봤다.

쿠루미는 카레하의 작별을 보며, **자신 또한 아마 저렇게 했으리라**는 확신을 품었다.

사랑에 미친다는 건, 그런 것이다.
사랑에 헌신한다는 건, 그런 것이다.

"잘 가요. 사랑에 살고, 사랑에 죽은 사람."

토키사키 쿠루미는 히비키의 머리를 쓰다듬으면서 카레하에게 송별의 말을 건넸다. 그리고 그 뒤를 이어 조용히, 차가운 어조로 말했다.

"퀸. 다음에 당신을 만나게 된다면, 카레하 양 몫의 빚까지 한꺼번에 갚아주겠어요. 그리고 당신이 사랑으로 더럽힌 이들, **그 전원을 몰살시키겠어요.** 그것이 그녀들에게 있어서의 안식이자, 진혼이겠죠. 저는 그걸 확신했답니다."

○에필로그

쥬가사키 레츠미는 도미니언이 되어서 첫 결단을 내렸다. 이 호드에 있는 준정령들을 모래사장에 모은 후, 홀로 스테이지에 서서 카레하의 죽음을 밝힌 것이다.

"다들 잘 들어. 반오인 카레하는 이 세상을 떠났어!"

술렁거리는 준정령들 앞에서, 눈물 한 방울 흘리지 않으며— 있을 수는 없었는지 울고 또 울었다.

그리고, 쥬가사키는 모든 사실을 밝혔다. 자신들이 절친한 사이였다는 것도 말이다.

곧 술렁거림이 가라앉더니, 준정령들의 오열이 이 자리를 지배했다.

"아마 카레하는 엄청 싫어하겠지만, 나는 이야기하겠어. 나는 사랑을 했고, 아집을 알았으며, 그 녀석과 헤어졌어! 슬퍼! 분해! 내가 할 수 있었던 일이 있지는 않았는지 후회하고 있어!"

쥬가사키는 마이크를 움켜쥐었다.

"하지만! 그렇다고 해서 무기력하게 지낼 생각은 없어! 한동안은 툭하면 눈물이 나겠지만, 멈춰 설 수는 없어! 나는! 반오인 카레하를 진심으로 좋아했다는 것을! 영원토록 마음에 품고 살겠어! 그리고! 그 녀석이 소중하게 여겼던 이 호드도, 반드시 지키고 말 거야! 그러니까! 그러니까……."

심호흡을 한 쥬가사키는 목소리를 쥐어짜며, 도미니언으로서 고했다.

"나를, 따라줘. 이 호드는 변함없이 건전한 다툼을 벌일 거야. 증오하지도 않고, 살생도 저지르지 않으며, 슬퍼하지도 않는, 그런 즐거운 영역일 거야……!"

그 누구도 그 말에 대답하지 않았다.

하지만 스테이지에 선 쥬가사키는 그녀들의 표정이 훤히 보였다.

울고 있는 이도 있다. 하지만 고개를 숙이고 있는 이는 없었다. 다들 울면서도, 흐느끼면서도, 결의에 찬 표정으로 쥬가사키를 쳐다보고 있었다.

그렇다. 그녀들이 자신을 따라오기만 하는 것만으로는 안 된다. 나야말로 그녀들을 따라가야만 한다. 이제 홀로 남겨지는 것은 두 번 다시 싫다.

"나도 따라가겠어. 전력을 다해 쫓아갈 거야!"

쥬가사키는 등을 꼿꼿이 펴고 준정령들을 향해 경례를 했다.

이윽고 한 명, 또 한 명, 그녀의 뒤를 따랐다. 예전에 적이었던 이도, 동료였던 이도, 그리고 이 자리에 있는 모든 이들이, 등을 꼿꼿이 펴며 경례를 했다.

"……고마워. 다들, 정말 고마워."

전원의 경례를 받으며, 쥬가사키는 눈을 감았다.

모래사장에 부는 바람이 아주 약간 선선해졌다. 소녀들은 그제야 실감했다.

반오인 카레하의 여름이, 끝났다는 것을…….

◇

—비나, 알현실.

"—어머나. 어머, 어머, 어머. 반오인 카레하 양은 결국 끝까지 버티다 스러지고 만 건가요. 정말 안 됐군요."

퀸의 말을 공손히 듣고 있는 세 사람이 있었다.

룩, 나이트, 비숍— 새하얀 체스말 세 개였다. 그녀들은 여왕의 앞에서 한쪽 무릎을 꿇고 있었다.

"호드는 어떻게 할까요. 그곳에 있던 엠프티는 토키사키 쿠루미가 전부 몰살시킨 듯합니다. 당분간 그곳으로 이어지는 문을 여는 건 어려울 겁니다."

룩의 말에 퀸은 귀찮다는 듯한 어조로 대답했다.

"어쩔 수 없군요. 방치해두도록 하죠. 그것보다, 당분간은 티파레트 공략에 주력하도록 하겠어요. 그곳을 함락시키면 게부라가 고립되겠죠. 저는 **전투에 능하지 않으니** 당분간 전투는 당신들에게 맡기겠어요."

"예. 그리고 네차흐는—."

"아……."

퀸의 목소리 톤이 낮아졌다. 퀸은 명백하게 불쾌함을 드러내고 있었다.

"멸망시키고 싶지만, 그럴 수 없겠군요. 『라인』…… 그 사가쿠레 유리가 뭔가를 알고 있을 가능성이 크니까요."

"그럼……."

"예. 고문을 해서라도 정보를 알아내세요. 수단은 당신들에게 맡기도록 하죠."

곧 목적지로 이어지는 문이 열리더니, 세 사람이 사라졌다.

손을 흔들며 그들을 배웅한 퀸은 기지개를 켰다.

"도미니언을 사랑에 감염시킨다는 아이디어는 꽤 괜찮았지만, 다른 누군가를 사랑하고 있을 줄은 몰랐군요. 『저』."

퀸은 허공을 쳐다보며 그곳에 누군가가 있다는 듯이 말을 건넸다.

"사랑에 미치고, 사랑에 모든 것을 바친다. 정말 멋진 이야기군요. 아아! **저희도**, 빨리, 빨리 사랑을 성취하도록 하죠……!"

정적. 알현실에 홀로 있는 퀸이 두 볼을 손으로 누르며 배시시 웃었다.

그 모습은 마치, **진짜로 사랑에 빠진 것만 같았다.**

◇

히비키는 호드와 네차흐를 잇는 문 앞에 서 있었다. 쿠루미는 배웅을 나온 쥬가사키와 이야기를 나누고 있는 것 같았다.

『무슨 생각을 그렇게 하는 것이오?』

스페이드가 히비키에게 말을 건넸다.

"아, 카레하 씨를 생각하고 있었어요."

『아…….』

"사랑을 위해 목숨을 버릴 수도 있다는 말은 다들 아무렇지 않게 해요. 하지만 카레하 씨는 진짜로 목숨을 버렸을 뿐만 아니라, 자신이 상처를 입는 것도, 그리고 **상대를 상처 입히는 것조차** 개의치 않았죠."

그것은 결코 칭찬받을 일이 아닐지도 모른다.

상대를 상처 입히면서까지, 자신의 아집을 우선한다. 그것은— 독선이라고 말할 수 있으리라.

하지만, 그녀는 그 독선을 관철했다. 울면서, 끝까지 사랑하는 이와 함께 있고 싶다며 갈망했다.

히비키는 생각했다.

자신은 그럴 수 있을까. 아니면, 좋아하니까 물러서려고 할까. 알 수 없다.

이 여행의 끝에 무엇이 기다리고 있을까. 그것은— 알 수 없다.

"……그런데, 스페이드 씨는 이제 어떻게 할 거죠?"

『이대로 같이 따라가도 괜찮겠소만, 호드는 아직 혼란한 상황이올시다. 좀 진정되고 나면 쥬가사키 님께 허락을 얻어 여행을 떠날 생각이오.』

"이 며칠 동안 스페이드 씨도 많이 변했네요. 처음에만 해도 자신들은 기계적인 반응만 보인다고 말했잖아요."

『……확실히 그렇소이다. 아마 쿠루미 공, 히비키 공과 함께 지낸 탓일 것이오. 두 사람은 과도할 정도로 **영력과 정보량이 많소이다**. 주군을 향한 충성심에는 변함이 없지만—.』

스페이드는 납작한 손을 앞으로 내밀었다.

히비키는 머뭇거리면서 악수를 했다.

『소생이 이렇게 된 것은 분명 두 분 덕분일 것이외다. 감사하오.』

"저야말로 여러모로 고마웠어요. ……그나저나 까르트 씨는 대체 어디로 간 걸까요? 쿠루미 씨 앞에 전혀 모습을 보이지 않았잖아요."

『아마 몰래 네차흐에 간 게 아닐까 싶소이다.』

"어? 왜요?"

『쿠루미 공이 다음에 갈 곳은 거기이지 않소이까? 그렇다면 미리 가서 거점을 만들어 둬서 칭찬을 받으려는 심산일 것이외다. 호드는 평화롭지만, 네차흐는 또 다른 위험이 도사리는 곳이니 말이오.』

"……또 다른 위험, 인가요. 저는 티파레트로 바로 갔기 때문에, 네차흐에는 가보지 않았어요. 거기는 어떤 곳인가요?"

『한 마디로 말해— 복마전(伏魔殿)이라고 할 수 있을 것이오.』

"으음, 잘 이해가 안 되네요."

『이건 소생이 그 영역에 대해 알고 있는 점을 적어놓은 것이올소이다.』

"오오, 고마워요!"

『언젠가 또 만날 기회가 있을 것이오. 그때까지 잘 지내길 빌겠소!』

"예, 스페이드 씨도 잘 지내세요!"

"……이건 카레하의 소개장이야. 이게 있으면 네차흐 측도 거칠게 나오지는 않을 거라고 생각해."

쿠루미는 쥬가사키가 건네준 편지를 받으면서 물었다.

"이 영역은 괜찮겠어요?"

"아마 괜찮지는 않을 거야. 하지만 우리는 다 함께 살아남아야 할 목적이 생겼어. 퀸을 해치우겠어. 그러니까 그때까지 최선을 다할 거야. 훈련하고, 싸우고, 경쟁하며, 강해질 거야. 말쿠트보다도, 게부라보다도 말이야!"

그것은 쥬가사키만의 생각이 아니었다. 호드의 준정령들 모두가 카레하의 원수를 갚기 위해 퀸을 향한 복수심을 불태우고 있었다.

퀸과 퀸의 부하들이 파고 들 틈은 당분간 없으리라.

"만약 퀸과 싸우게 된다면 나에게 연락을 줘. 꼭이야!"

"……예. 물론이죠."

퀸과 일대일로 싸우게 될 상황은 아마 찾아오지 않을 것이다. 그녀는 수많은 엠프티를 거느리고 있다. 퀸과 싸울 때, 그들은 분명 장애물이 될 것이다.

하지만 만약 쿠루미 쪽에도 다수의 아군이 있다면…….

일대일에 가까운 상황을 만들 수 있을 것이다.

……솔직히 말해, 퀸은 강하다. 하지만, 두 번이나 싸워보고 깨달았다. 쓰러뜨리지 못할 만큼 절망적인 상대는 아니었다.

"—퀸을, 반드시……."

죽인다. 아니, 죽여야만 한다. 다른 누구도 아닌 쿠루미의 손으로, 그 반전체를—.

"……토키사키 쿠루미, 왜 그래?"

"아무것도 아니랍니다. 그때가 오면 연락을 드리겠어요."

퀸을 증오한다. 죽여야만 한다고도 생각한다. 처음 만났을 때부터, 쭉 그렇게 생각해왔다.

하지만…….

카레하의 일을 통해, 퀸에 관해 신경 쓰이는 점이 생겼다.

퀸은, 타인을 사랑에 미치게 만드는 힘을 지녔다.

어떻게 그런 능력에 생각이 미친 걸까? 단순한 우연일까.

동료를 늘리기에 효과적이라 여긴 걸까.

아니면— **누군가를 사랑하기에 그런 능력에 생각이 미친 걸까.**

생각하면 할수록, 가슴 속에 생겨난 증오의 불꽃이 활활 타올랐다.

만약, 만약 그 악랄하고 악취미 같은 저질스러운 능력이, **자신들**에게서 파생된 것이라면…….

살점 하나 남지 않게, 티끌 하나 남지 않게, 역사와 기억 에도 새겨지지 않게…….

이 세상에서 완전히 말소해주겠다!

더운 여름의 끝

여름의 끝에서는 묘한 향수에 빠져듭니다. 그것은 어느 나라도 마찬가지이며, 미국과 프랑스에도 여름의 끝을 그린 작품이 많습니다.

일본에도 학생에게 한 달 가량의 기나긴 여름방학이라는 요소가 있기 때문일까. 여름, 혹은 여름의 끝을 그린 작품은 셀 수도 없을 만큼 많이 있습니다.

음, **최근의** 작품 중에는 「Air」(2000년)가 있죠⋯⋯. 18년 전에 나온 거군요⋯⋯.

아무튼, 학생에게 있어 여름의 끝은 여름방학의 끝을 가리키며, 하나의 이야기가 끝날 때이기도 합니다.

물론, 진짜로 **그런 이야기가 존재했느냐**면 그렇지는 않을 겁니다. 아마 대부분의 인간은 평범하고 흔한 여름을 보냈을 테죠(저도 그랬습니다).

초등학생에서 중학생, 중학생에서 고등학생, 대학생. 그리고 어른으로 자란 대다수의 인간에게 있어, 여름방학은 결국 『아무 일도 일어나지 않은』 여름방학에 지나지 않았을 겁니다.

하지만, 설령 그렇더라도 여름의 환상이라는 것의 편린은 접해볼 수 있을 겁니다. 예를 들자면, 덧없는 사랑이나 훈훈한 우정, 혹은 수수께끼 같은 모험 같은⋯⋯.

여름방학이란 그런 공통적인 환상을 안겨주는 시간일지도 모릅니다.

이번 『데이트 어 불릿』은 그런 여름의 끝이 테마입니다. 매미가 울음을 그치는 시절에, 그녀들의 이야기도 결말을 맞이합니다. ……즉, 이번 권에 한해서 쿠루미는 조연에 가까운 역할이며, 히로인은 두 준정령이라 할 수 있을지도 모릅니다.

그와 동시에 인계에서의 죽음과 소멸 또한 그려봤습니다.

이 천국 같은 장소에도 언젠가 반드시 끝이 찾아옵니다. 토키사키 쿠루미도 마찬가지죠.

그녀가 기나긴 여행을 거쳐 케테르에 도달했을 때, 그때가 바로 여행이 끝나는 순간일 테죠.

자, 이번 권을 집필하며 유일하게 아쉬웠던 점을 꼽자면, 그것은 바로 상어를 등장시키지 못했다는 겁니다. 설정상 등장시킬 수 없었…… 아니, 어떻게든 등장시켰어야…… 조지, 상어를 좋아하나?

그럼 평소와 마찬가지로 감사 인사를 드릴까 합니다. 타치바나 씨, NOCO 씨, 편집자님, 매번 감사합니다. 그리고 매번 원고가 늦어져 죄송합니다.

다음 무대는 네차흐입니다. 인형 닌자, 사가쿠레 유이의 고향이죠. 의심과 기계장치의 왕국에서, 토키사키 쿠루미와 히고로모 히비키는 강적에게 도전—! ……같은 느낌으로 써

보고 싶습니다. 잘 부탁드립니다.

이 책을 읽어주신 여러분도, 일사병에 걸리지 않게 조심하시길……!

히가시데 유이치로

안녕하십니까. 근로청년 번역가 이승원입니다.

『데이트 어 불릿 4권』을 구매해주셔서 진심으로 감사드립니다.

2018년도 어느새 10월에 접어들었습니다.

더위가 좀 가셔서 살 것 같다고 생각했습니다만…… 모, 모기가 너무 많아요!

밤에는 쌀쌀하게 느껴질 정도로 기온이 내려가는데, 모기는 여전히 기승입니다.

잠시 눈 좀 붙이려고 하는데, 모기 때문에 깨면 기분이 정말…….

요즘은 잠들기 전에 전기 모기채로 모기와 사투를 벌이는 게 일과가 되어 가고 있습니다.

모기약을 뿌려도 멀쩡한 요즘 모기한테는 전기 모기채로 감전시키는 게 가장 좋더군요.^^

여러분도 모기와의 사투에서 승리하기를 진심으로 빕니다!

그럼 『데이트 어 불릿 4권』에 대해 조금 이야기해볼까 합니다.

 스포일러가 포함되어 있을 수도 있으니 본편을 안 읽으신 분은 유의해주시길!

 작가님께서도 후기에서 말씀하셨다시피, 이번 권에서 쿠루미와 히비키는 관찰자로서의 역할을 맡고 있습니다.

 이번 이야기의 주인공이라 할 수 있는 쥬가사키와 카레하, 그 두 사람에게 일어난 안타까운 사랑이야기를 독자와 마찬가지로 제삼자의 입장에서 관찰하고 있죠.

 언뜻 보면 그것은 『데이트 어 불릿』이라는 이야기와는 관련이 없는 이야기 같습니다만, 그것은 이 인계라는 세계와 퀸, 그리고 사랑이라는 것의 또 다른 일면을 처절하게 드러내고 있습니다.

 결국 파국을 향해 나아가는 그 두 사람은 쿠루미와 히비키가 맞이해야 할 미래일지도 모릅니다. 그리고 퀸이라는 존재의 비정함 또한 명백하게 드러나죠. 그런 퀸과 쿠루미의 대립은 앞으로 더욱 격렬해질 거라 생각합니다.

 저 또한 한 사람의 팬으로서 앞으로의 이야기가 더욱 고대됩니다!

 그럼 이만 줄이겠습니다.

L노벨 편집부 여러분, 항상 재미있는 작품을 맡겨주셔서 감사합니다. 이번에도 개인적 사정으로 늦어져 죄송합니다. 앞으로도 잘 부탁드립니다!

　제 휴대폰이 고장 났다는 소실을 듣자마자 허심탄회하게 고급 휴대폰을 빌려주신 동네 형님. 항상 신세만 집니다. 다음에 일본 갔다 오는 길에 양주 꼭 사다드릴게요!(넙죽)

　마지막으로 언제나 제게 버팀목이 되어주시는 어머니와 『데이트 어 불릿』을 읽어주신 모든 분들께 진심으로 감사드립니다.

　네차흐에서의 이야기가 시작될 5권의 역자 후기 코너에서 다시 뵙겠습니다!

2018년 10월 중순
역자 이승원 올림

데이트 어 불릿 4

1판 1쇄 발행 2018년 11월 10일
1판 4쇄 발행 2020년 9월 2일

지은이_ Yuichiro Higashide
감수 기획_ Koushi Tachibana
일러스트_ NOCO
옮긴이_ 이승원

발행인_ 신현호
편집부장_ 윤영천
편집진행_ 김기준 · 김승신 · 원현선 · 권세라 · 유재슬
편집디자인_ 양우연
국제업무_ 정아라 · 전은지
관리 · 영업_ 김민원 · 조은걸 · 조인희

펴낸곳_ (주)디앤씨미디어
등록_ 2002년 4월 25일 제20-260호
주소_ 서울시 구로구 디지털로 26길 111 JnK디지털타워 503호
전화_ 02-333-2513(대표)
팩시밀리_ 02-333-2514
이메일_ lnovelpiya@naver.com
L노벨 공식 카페_ http://cafe.naver.com/lnovel11

DATE A LIVE FRAGMENT DATE A BULLET Vol.4
ⓒYuichiro Higashide, Koushi Tachibana, NOCO 2018
First published in Japan in 2018 by KADOKAWA CORPORATION, Tokyo.
Korean translation rights arranged with KADOKAWA CORPORATION, Tokyo

ISBN 979-11-278-4732-6 04830
ISBN 979-11-278-4273-4 (세트)

값 7,000원